U0869599

画在墙上的鱼

孙玉秀 著

文化发展出版社
Cultural Development Press

图书在版编目（CIP）数据

画在墙上的鱼 / 孙玉秀著．—北京：文化发展出版社，2018.12
ISBN 978-7-5142-2506-8

Ⅰ.①画… Ⅱ.①孙… Ⅲ.①小小说－小说集－中国－当代 Ⅳ.①I247.82

中国版本图书馆 CIP 数据核字（2019）第 000504 号

画在墙上的鱼

孙玉秀 著

出 版 人｜武　赫
主　　编｜凌　翔
策划编辑｜肖贵平　　**责任编辑**｜孙　烨
责任校对｜郭　平　　**责任印刷**｜杨　骏
责任设计｜侯　铮　　**排版设计**｜浪波湾

出版发行｜文化发展出版社（北京市翠微路 2 号　邮编：100036）
网　　址｜www.wenhuafazhan.com
经　　销｜各地新华书店

印　　刷｜三河市华东印刷有限公司
开　　本｜787mm×1092mm　1/16
字　　数｜190 千字
印　　张｜13
印　　次｜2019 年 3 月第 1 版　　2021 年 1 月第 2 次印刷
定　　价｜49.80 元
I S B N｜978-7-5142-2506-8

如发现任何质量问题请与我社发行部联系。发行部电话：010-88275710

目 录

第二辑　小城故事多

第三辑　河湾村逸事

第四辑　遥远的岁月

第一辑　校园青青草

雪房子

落雪了！窗外白茫茫的。柳杨托着下巴走了神，一下课便和几个同学一起飞出了教室。

几朵雪花调皮地飞过来，轻轻吻了柳杨的脸，凉丝丝的。柳杨伸手接了几朵，低头对它说了几句悄悄话："雪花姐姐，你给妈妈捎几句话吧，就说我想她了！"

柳杨说这话时，哈气染白了她的睫毛。雪花又飘来几朵，贴到她温热的手心上，瞬间化成了水滴。柳杨仰望着沸沸扬扬的雪花说："妈妈，你在哪儿？奶奶说等我会梳头了，你就回来了。我都学会一年半了，还能给自己扎辫子，你能给我买一个漂亮的蝴蝶结吗？奶奶说你喜欢城里的房子，城里的房子漂亮吗？"柳杨说这些话时，眼角也落了泪，滴在手心里，分不清是泪水还是雪水。

一个雪团砸过来，散在雪地里，几个孩子追逐嬉笑着，从柳杨的身边跑过去。

柳杨侧身退了几步，见操场一角的那排柳树下，堆了两个漂亮的雪人，一个戴着花环，一个还围上了围巾。柳杨跑过去，围着两个小雪人跑了两圈，然后站在中间张开手臂说："左边是爸爸，右边是妈妈，我们一家人一起堆雪人，该有多开心啊！"

又几个雪团飞过来，孩子们快乐地追逐着，从柳杨的身边又跑回来。柳杨望着他们欢乐的背影，心里空落落的。

柳杨弯腰拾起一团雪，拍在"爸爸"的身上说："爸爸，今年过年你能回来吗？奶奶说我有了一个新弟弟了，新妈妈不喜欢奶奶的家，也不喜欢柳杨。爸爸，你不会忘记我了吧？我想你了，爸爸。"柳杨说到这里时，眼泪又下来了。

柳杨怕泪水在脸上结成冰，赶紧抹了几下，又在两个雪人中间蹲下来说："妈妈，你知道吗？我换新同桌了，他是一个很懂事的男孩。今天是冬至节，他说爸爸和妈妈给他准备了新年礼物，只要新年晚上许个愿，就能梦想成真了。柳杨不要你们的新年礼物，妈妈喜欢房子，那我给你们做一个雪房子吧，是柳杨送给爸爸妈妈的新年礼物，我再许一个愿，或许也能梦想成真呢！"

雪花飘得更紧密了，落在柳杨淡粉的棉衣上，很快积了薄薄的一层。柳杨顾不上看雪花，她为自己的想法涨红了脸，蹲在地上一心攒雪堆，再把雪堆拍成房子的模样，又从衣兜里掏出几根小彩条，贴在雪上当作门和窗。

"新房子建好喽！"柳杨快乐地跳起来，她拍了拍一双冻得红肿的小手，高兴得像一只小燕子，围着雪爸爸和雪妈妈跳啊跳，她觉着现在的她是世界上最幸福的孩子。

上课铃声响了，柳杨擦了擦一双小手，恋恋不舍地说："雪爸爸、雪妈妈，你们在雪房子边说说话吧，柳杨下课再来看你们。"柳杨坐在温暖的教室里，看着自己一双冻红的手，感觉一阵阵发痒，嘴角却快乐地上扬着，成了一枚小小的弯月。

“慈母手中线，游子身上衣。临行密密缝，意恐迟迟归。”语文老师一字一句深情地朗读，柳杨认真地跟读着，她又想到了妈妈，眼角湿湿的。半节课过去了，老师赏析完这首诗后，转身问同学们：“哪位同学能说说自己对这首诗的理解和感悟呢？”

柳杨想了又想，才缓缓举起了手：“老师，我爸爸妈妈才是在外面的游子，我每天坐在教室里听课，和奶奶住在一起，就是担心他们今年过春节不回来！我期末如果考了好成绩，你说他们能回来看我吗？”

语文老师听了，眼角也跟着红了，她说：“柳杨同学，你是一个懂事又善于思考的好孩子，我相信他们会回来看你的。”

听了老师的话，柳杨高兴极了，她的小脸蛋红扑扑的，还特意把两只羊角辫摆放在自己的胸前。

语文老师又说：“大家拿出纸和笔，把自己最真实的想法写在本子上。过几天就是新年了，你们给爸爸妈妈写几句祝愿的话，带回家送给他们，算是新年的礼物，然后吹一口气，这个愿望一定会实现的。”

柳杨乖巧地点点头，拿起笔在纸上认真写起来，然后对着那张纸吹一口气，闭上眼睛许了一个愿。

下课后，柳杨揣着写了愿望的那张字条，蹦蹦跳跳跑去雪房子那里。柳杨给雪爸爸和雪妈妈讲了这节课的内容，又把纸条塞进雪房子里说：“爸爸妈妈，我许了愿，再过些日子，就能见到你们了。”

礼　物

教师节的前两天，我正在批改作业，体育委员李俊敲门进了办公室，他腼腆地冲我笑了笑，递给我一张表说：“老师，咱班的体育项目都统计出来了，您再给看看，如果可以，我就拿去上交了。”

我接过来粗略看了一遍，感觉安排得挺好，便夸奖他说：“不愧是班级体委，这么快就整理出来了。”

李俊说：“这也没啥难的，好容易赶上一次运动会，大家都抢着参加比赛呢！”

我点头说：“你体育好，又有组织能力，这次运动会上，一定要组织好同学，为班级争光。”

李俊红着脸点头说：“老师，要是没问题，那我拿去上报了。”

我说：“行，拿去吧！”李俊偷看了我一眼，拿着表慢吞吞地往外走。

我望着他瘦高的背影想：才十五岁，个子就有一米七五了，篮球、长跑、跳远都难不住他，是特长生的好苗子。

想到这，我突然感觉哪里不对劲儿，差点从椅子上跳起来，冲他喊了一嗓子："你回来！我咋没看见你的名字？"

李俊愣了一下，转身回来将表格给了我，便低头站在一旁。

我又仔细看了一遍，沉下脸说："你解释一下，这上面怎么没有你？"

李俊将头扭到一边，很快又转了回来，将头埋得更低了，也不言语，眼睛死死盯住脚面，额上却沁出汗珠了。

我将那张表拍到他面前说："抬起头，脚有啥可看的？赶紧把你的名字添上！"

李俊不说话，也没动地方，仍然低头盯着脚面看，眼里却泛出了泪光。

我随着他的目光，瞥了一眼他脚上的鞋，那是一双洗褪了色的布面球鞋，虽说旧了些，但也很干净。我又厉声说："是男子汉，就抬起头！"

他抹了一下眼角的泪，还是没反应，目光始终没离开他那双脚。

我压不住心头的怒火，用力拍了一下桌子："不想参加就算了！太让老师失望了！赶紧将表拿走！"

李俊张了张嘴，想要解释什么，又咽了回去，拿起表格，抹着眼泪走了。

第二天早自习时，班长来找我说："老师，李俊没来，可能是辍学了！他昨天放学时跟我说，要是他今天没来，就让我把这封信转交给你。"

我感觉头"嗡"的一下：昨天只批评了他几句，难道就辍学了？千万别出啥乱子，否则跳进黄河也洗不清了。

我打开那封信，感觉手有些发抖。等我怀着忐忑不安的心情读完那封信时，眼泪止不住掉了下来！

李俊在信上说："我做梦都想参加运动会，可我脚上穿的旧鞋，是捡哥哥的，大了两个号码，跑跳都不太跟脚。我回家跟妈说了，妈骂了我一顿，说我太不懂事了！哥哥还在读大学，爷爷瘫痪在床，爸身体也不好，家里随处都需要钱，总不能为了运动会去买新鞋！所以我没报名，惹您生气了！老师，请您原谅我！我不想读书了，等我赚了钱，再回学校去看您！”

我含着眼泪把那封信读给了全班同学听，大家都哭了。我惭愧地对他们说：“是老师失职了，对他了解得不够，还冲他发了火，老师出钱给他买一双运动鞋！”

班长站起来说：“也算我一个！”其余同学见状，都纷纷举起了手：“算我一个！算我一个！还有我一个！”

我望着教室里高高举起的一双双手，眼泪又一次模糊了双眼！

那天我给李俊申请了贫困生补助，又给他母亲打了电话。

教师节那天，李俊返校上课了！班长捧着一双崭新的运动鞋，郑重地递给李俊说：“收下吧，这是大家的一点心意！”

李俊又一次红了脸，低头嗫嚅着说：“这鞋、我不能收，是我骗了大家。”

我和全班同学当时都呆愣在那里，简直不敢相信自己的耳朵。

李俊又说：“其实妈说家里再苦，也不能让你没鞋穿，就去借了五十元钱给我。我想了又想，没舍得买鞋，便去商场买了两条丝巾！今天是妈妈的生日，也是教师节！我想送给你们一份惊喜，又怕被妈骂，才偷着去捡了两天废品，还给了妈那五十元钱。”

李俊说完，教室里响起了一片掌声！我说：“丝巾老师不能要，但这双鞋你必须收下！”

李俊含泪接过来说：“谢谢大家，我会努力的！祝老师节日快乐！”

全班同学都笑了，齐声喊：“老师，节日快乐！”

我站在讲台上，望着一张张朝气蓬勃的脸，心里比吃了蜜还甜，赶紧说：“谢谢同学们！你们团结互助的精神，才是老师收到的一件最贵重的礼物！”

半封书信

雪儿读初二，是班级里最优秀的学生。

妈妈在雪儿三岁时就离开了这个家。雪儿从来不对外人讲，没娘的孩子是根草，没人疼。要强的雪儿有时间就做家务，人见人夸。

爸爸便把全部希望都寄托在她身上。可最近几天，雪儿的爸爸有些坐立不安。

爸爸接到班主任于老师的电话，说雪儿最近一周上课状态不佳，整天魂不守舍。老师提问，她支支吾吾经常跑偏。

于老师急得团团转，和家长沟通，迫切想查清原因。爸爸说，周末回家，这孩子的表现一直乖巧，没看出有何变化。

期中考试后，教导处的成绩单下来了。

“果然出问题了，预料之中！年组第二十名！”看到雪儿下滑的成绩，于老师失望地坐到椅子上自言自语。

爸爸接到雪儿的成绩，觉得头上被浇下了一盆冷水。

接下来的几天，于老师不厌其烦地找雪儿谈话。雪儿咬着嘴唇说自已没问题，保证期末成绩能提上来。

“雪儿，出来一下！”周一下早自习，于老师严肃地把雪儿叫到办公室。

“你看，这半封信是写给你的不？”

“是给我的，怎——怎么到您那儿了。”雪儿低着头怯生生地问。

“你爸爸从你书包里翻出来的，今早特意跑来送给我。雪儿，你抬头看着我，你太让老师和你爸爸失望了！你知道早恋的严重后果吗？再这样下去，你的成绩更会一落千丈，你的升学前途不就彻底毁了吗？必须和老师说实话，写信的人是谁？哪个班的？老师出面帮你解决！”

“不——不说！您和爸爸怎么能这样做？信是我的隐私，你们无权干涉！再说，我没早恋，那半封信您看到了，有那样的字眼吗？”雪儿一反常态，涨红了脸辩驳。

“是没太明白，可另一半信呢？还有，上周值班老师发现，下晚自习你走得最晚，和一个男生坐在一起，那个男生是谁？我和你爸爸都是为你好，等你长大就会明白我们的苦心。”

“我不会出卖他的，我没早恋！老师，您要相信我！”雪儿说完哭着转身跑了出去。

没问出头绪，于老师憋了一肚子气，一个劲儿地摇头感慨：“无可救药！再优秀的孩子到了青春期都没办法。可惜了！多好的苗子啊！”

“上周周五放学，我还见着你班雪儿和一位男生在走廊里神神秘秘地嘀咕啥话，见我走过来，瞬间就没影儿了。不是早恋，还能是啥？”另一位老师无奈而又深沉地补充。

于老师低着头没言语，额上渗出了一层细密的汗珠儿。

雪儿回到教室，哭得昏天暗地。同学不知原委，都围过来劝说。

第二天早晨，于老师看见自己办公桌上摆着一封半书信。

打开其中一封：

老师您好！请您原谅我！整个事情都怪我。

这学期我爸妈闹离婚，他们都不管我了，我很伤心，也没心情学习。雪儿知道后，怕我因此辍学，一再鼓励我。利用晚自习后和早自习前帮我补课，可我油盐不进，气得雪儿没办法。没承想她用了一招苦肉计：我不进步，她就让自己的成绩落后。

期中考试后，我看到雪儿下滑的成绩，真的吓坏了。赶紧给雪儿写了一封信，让她放心，保证期末进步。雪儿怕我说话不算数，把那封信一撕两半，说等到期末后兑现。

老师，没想到这事让您和雪儿的爸爸知道了，冤枉了雪儿，这半封信我一并放到您桌子上。

老师，请您相信我和雪儿，期末考试，我们一定不会再让您失望的。

——王小海

于老师看完信，内心被撞疼了，眼角瞬间溢出了几朵泪花儿。她默默地把桌子上的半封信和雪儿先前的半封小心地合到一起，郑重地藏到办公桌里。

半张纸

我记住他时，是在开学初的第一节作文课上。事先我留了一篇作文，标题是《我的偶像》。给各小组机会推荐展示作文时，他自告奋勇，迫切想读出自己最崇拜的偶像。

他从座位上站起来，大声宣布自己的偶像就是马云，这个被无数人追捧的峰巅人物。我惊讶地看了他几眼，圆脸，浓眉，眼神里满是自信。他声音很响亮，一篇作文几乎用尽了网络流行语，甚至连我不知的词汇和关于马云的资料，他都如数家珍，一股脑儿全抖了出来。

他从马云的创业经历，到他如何一步步取得成功，再到现在取得的业绩，谈得有条有理。我最终听懂了他崇拜马云的原因，就是马云的拼搏精神和马云团队创下的财富。我问："你为啥这样崇拜马云？"他嘴角上扬，微微一笑说："因为他创立了淘宝和支付宝，创造了大量的财富，扫二维码支付购物超越了世界上许多国家。这难道不值得我学习吗？"

我说："值得学习，只不过你还小，得先打好基础，学好了知识，将来才有资本去学习马云。"

他点点头，大声说：“我的偶像是马云，我的梦想就是超过马云！”

这孩子执着坚定的神情，让我不得不刮目相看，觉着他的思想的确与众不同，似乎比别的孩子更成熟。

后来我从班主任那里得知，他周末借了几本书，很早就开始自学物理和化学。我很诧异，知识需要一个循序渐进的过程，才七年级，就要自学八九年级的课程，这不等于揠苗助长吗？

班主任也摇摇头说：“谁知这孩子咋想的，太有主见了。”

晚自习课上，课代表跟我说：“全班只有他没交语文作业。”我问他：“你为啥不交作业？”

他站起来，略微思考一下说：“老师，我的作业本只剩半页了，不够用。课代表让我换一个新本，我坚持不换。老师，咱们半张纸也不能浪费，您说是不？”

我生气地说：“是不能浪费，但这不是不交作业的理由。”

他立刻振振有词：“老师，我没交作业是因为不想浪费那半张纸。如果每个同学每天浪费掉半张纸，您估算一下，全国得浪费多少张纸？这需要砍伐多少棵树才能换来这些白纸！这也就是严重浪费国家资源。”

我听了他的这些歪理辩解，不大高兴地说：“除了这，你还有啥理由，继续说。”

他并没理会我是否生气，顿了一下，接着说：“浪费纸张就是浪费树木，也就浪费森林资源。现在雾霾这么严重，少了树木，直接影响空气质量。空气质量不好，森林资源没了，直接影响我们的后代子孙！”

他能把半张纸上升到这样的高度，令我大吃一惊，也令我回忆起小时候的一些事。

那时的我为了节约，作业本和练习本反正面都要写满，只要检查到还剩两行空白，我也要把这些地方写上字，然后再把用完的本子给母亲烧火用。一根铅笔用到只剩一寸长时，我也要用小刀剖开，取出里面的那一小截铅，插进自己制作的木杆上，接着用。甚至有一次过桥，新买的田字格本掉到融化的冰面上，求人帮我捡上来时，已经面目全非，我为这哭了一天。那时是家境的原因，没钱买本，所以节约。

想到这些时，我的气消了一半。可转念想想：不对劲啊！这孩子明显在为自己的错误辩解。他的作业本撕得七零八落，背面有数学公式，也有英语单词听写。这些表现也不是单纯为了节约呀！

一股无名火撞到我的胸口，我的气又来了，接着问："你不交作业，还有别的理由吗？"

他抬头看看我，摇摇头说："这回没了。"

其他同学似乎感觉到我生气了，教室里静悄悄的，都把目光集中到我身上。

我强压住怒火，故意说："为了节约，那你以后是不是就可以不交作业了？你看，这样合适不？"

他立刻慌了神，急忙说："老师，那不行，我以后会及时交作业。"

我故意说："那是不是太浪费了！浪费了作业本，就是浪费树木。浪费树木，就是浪费国家资源，就会影响到空气质量，更会影响后代子孙！所以你的作业都应该取消。"

他沉默了片刻，低下头说："老师，我是为自己没交作业狡辩，我错了！"

见他承认了错误，我平和地说："节约纸张没错，为自己不写作业找借口不对。"

第二天早晨，一个崭新的作业本出现在我的办公桌上，是他补交的作业，本上的名字写着闫峰。

教师节那天，我意外收到了一份礼物。那是一张自己制作的蓝色贺卡，上面写着：语文老师，祝您教师节快乐！您是我最敬佩的人。落款竟然是小马云。

彩色石

数学课上，小婉尽量将腰挺直，一动不动盯着老师手里的三角板看。只见那块三角板，左斜一下，右斜一下，横一下，竖一下，很快画出一个三角形和一条虚线。

老师指着图形，开始一步一步证明。小婉听着听着就犯糊涂了，那两个不相干的角咋就能相等了呢？越琢磨越不会，越不会越着急，小婉的脸开始有些微微涨红。“哪，哪，哪……”小婉的耳朵越发听不明白王老师在说啥，只能听见这几个长长的尾音，从讲台上漫无边际飘过来。

小婉慢慢低下了头，两只手悄悄伸进课桌，摸出几粒椭圆的石子，再打开文具盒，拿出彩笔开始涂色。

“李小婉！请你给大家重新讲述一遍，这两个三角形为何全等？”

小婉听见老师叫自己的名字，吓得赶紧收起彩笔，红着脸站起来，慢吞吞说：“老师，我、我刚才没听懂。”

“没听懂还是没听！你低头在下面摆弄啥？”

“没，没啥！”小婉下意识地捂住了书桌上的彩色石子。小婉感觉到全班同学的目光都集中过来，烫得她不敢抬头。

“李小婉，这次考试，你的数学成绩已下滑到全班的倒数几名，你还有心思画！”

小婉被老师戳到了痛处，眼角开始有了泪水。

“把那些烂石子扔掉！”

“不！凭啥？”小婉逆反地喊了一句。

“你说凭啥？这是数学课，不是美术课！”老师拍着桌子扔出这句话时，下课铃声便响了起来。

小婉还没等数学老师宣布下课，便哭着跑了出去。

语文课上，小婉想：反正我的成绩已经倒数，听不听课能咋？于是小婉搓了搓哭肿的眼睛，便掏出一大把石子放到书桌上，明目张胆地画起来。

语文老师姓王，是这学期刚来的新老师。说话柔声细语的，待人很温和。在小婉眼里，王老师更像一位温柔的大姐姐。

王老师用好听的声音在前边讲，小婉低头在下面画。王老师说：“都抬头看黑板，这几个生字必须掌握。”小婉不抬头，继续画，她想把数学课上所有的郁闷都画到这些石子上。

“请大家打开书，先听我范读一遍，再跟我一起读。朗读时要把握好节奏和语气，记住没？”

“记住了！”同学们一起喊。

小婉的心动了一下，她最喜欢听王老师读课文了。“盼望着，盼望着，东风来了，春天的脚步近了！”小婉边画边听，不知不觉被王老师优美的声音吸引住了。

王老师边走边读，走到小婉身边时，轻轻拍了拍她的左肩。

小婉吓了一跳，赶紧拿起语文书遮住那些石子，闭上眼睛想：彻底完了，又被老师捉了个现形。

小婉的心突突跳了起来，她在等待语文老师的一场暴风雨。可奇怪的是，王老师还在柔声朗读课文，丝毫没有停下来的意思。

王老师又轻轻拍了拍小婉，冲她微微笑了笑，伸手指了指那本语文书，示意小婉跟读课文。小婉会意，红着脸放下画笔，打开书本便跟着小声读了起来。

王老师范读一遍后，便喊："李小婉，你来读！注意节奏和语气！"小婉怯懦地站起身，见王老师微笑地冲自己点头，好像在说"你能行！"小婉便增加了勇气，开始大声朗读起来。小婉的声音刚落，只听王老师问全班同学："她读得好不好？"

"好！"全班同学一齐喊，教室里顿时响起一片掌声。

放学后，在校住宿的小婉，又跑到小河边去捡石子，竟然忘记了吃晚饭的时间。

下了晚自习，饿着肚子的小婉正准备回宿舍，被同样住校的王老师叫到了办公室。

"小婉，你上课画的那些石子能给老师看看吗？"

小婉愣了一下，红着脸从书包里拿出一些石子，小心递过来。

"五角星！花朵！蝴蝶……都这么漂亮啊！"王老师惊喜地说。

小婉还是第一次听见老师夸奖她，脸更红了。

"如果再给这些漂亮的石子配上优美的诗句，那该多么美妙啊！"王老师继续说。

"真的？那我以后每天写一首，晚上拿给您看，行不？"小婉最喜欢诗了，老师的建议让她高兴得差一点跳起来。

"行啊！那，老师奖给你一碗面。我知道你没吃饭，又去河边捡石子了。"王老师笑着，变戏法似的递了一碗面过来。

"你咋知道？"小碗不好意思地接过来，诧异极了。

"我去河边洗衣服，没让你发现啊！"

王老师说完，便和小婉一起笑了起来。

从那以后，小婉上啥课也不画石子了，只是课下画，再写几句诗，悄悄送给王老师。

后来王老师要调走了，小婉知道后，哭肿了眼睛。临行前，小婉把一盒彩色石塞给了王老师，上面还有一首诗，周围画满了小星星。

二十六年后，已经是报社编辑的小婉总算找到了王老师的微信号，并给王老师发来一组照片。照片是一沓发黄的信纸，那上面是小婉曾经写的诗，每一页下面都有王老师亲切的评语和日期。

小婉说："王老师，其实那些石子画得并不好看，诗也写得特别烂，幸亏有了您的包容和鼓励，我才有了信心。"

王老师的眼角微微湿润了起来，她连忙去书桌里翻找，终于找到了那盒漂亮的彩色石。

打开你的手心

期末考试卷子发下去后，教室里静悄悄的。七七八八龙摆尾的座位，按照考号顺序依次排列。中间排的两位男生，一胖一瘦，偷偷瞄了一眼坐在讲桌前监考的李老师，互相递了一个眼神，心领神会地笑了一下。

李老师瞥见两位男生的眼神和特殊的笑意，心里反感，便想，得让你们领教一下我的严厉。于是拧起眉头咳了一嗓子，又起身整理了一下衣襟，极其严肃地说：“考场纪律我就不再重复了，只要有交头接耳或作弊现象的，第一次提出警告，第二次没收卷子，没有成绩的同学后果自负。”

李老师说完，教室里更加安静了，只能听见墙壁上时钟的嘀嗒声和三十名考生翻阅卷子的唰啦声。李老师环视了一圈，又将考生逐个巡视了一番，才放心地坐下，半闭着双眼休息了一会儿。时间过得很快，也很煎熬，考场里只有翻阅卷子的声音和考生答题的沙沙声。李老师盯着时钟，每隔半小时，都要报一下时间，给考场平添了一种紧张的氛围。

还剩二十分钟，有的考生已经答完了卷子。李老师又用目光将所有座位巡视了一番，突然触碰到了一道迅速躲闪的目光。

李老师凭着二十多年的教学经验，本能地意识到这名学生是在准备作弊了！困倦之意立刻一扫而光，连神经末梢都跟着兴奋起来。他迅速站起身，如同一只老猫突然发现了一只老鼠正在偷嘴。

那瘦男生迅速收回了目光后，将身子侧向一边，右手握着一支笔，假装在答题，左手却伸进课桌里，向里面轻轻推了推。

李老师全部看在眼里，心下暗喜，假装没看见，背着手，起身缓缓巡视了一圈。瘦男生瞥见李老师从身边走过去了，又一次将左手伸进了课桌里。

李老师突然一个回转身，轻轻拍了拍瘦男生的肩膀说："让老师看看，这书桌里面到底有啥宝贝？"

瘦男生吃了一惊，吓得一张脸顿时红到了脖子根，结结巴巴地说："没有啥啊，不信您看！"瘦男生说着将身子侧到了一边，露出了整个一张课桌。

李老师弯下腰，向课桌里面摸了摸，却摸到了一袋不知名的小食品。李老师有些气恼，只好找了一个台阶，苦笑着说："原来你是在偷吃小食品啊！"

瘦男生的脸又红了，露出一个挺大的酒窝。他吞吞吐吐地说："没有啊，这袋小食品不是我的，原来就有。"

李老师尴尬地点点头说："老师错怪你了！好好答题吧。"李老师怅然若失地转过身，又坐到了讲台上的那把椅子上。

他又一次微闭着双眼，陷入沉思中。李老师还是觉着哪里不对劲儿，猜这位同学一定是偷梁换柱了。

十分钟后，李老师又下去巡视了一圈。他刚走过去，突然间不知从哪里飞出来一个纸团，稳稳地落在瘦男生的本子上。瘦男生迅速地将纸团抓在手心里，又藏到桌子下面。

李老师仿佛后脑勺长了眼睛，突然转过身对瘦男生说：“打开你的手心，让我看看你到底握着啥？”

瘦男生很坦然地伸出手，手心里啥都没有。

李老师的脸腾地红了起来，心想这孩子明明是在作弊，凭着经验，不可能看走眼的。想到这里，李老师又说：“没事就好，你继续答题吧！”

瘦男生低下头，又拄着下巴想问题去了。李老师走了两步，猛然回头看时，果然发现了他手里攥着一张纸条！

李老师一个箭步冲过来说：“这回证据有了！你还想抵赖不？”

瘦男生只好把手心缓慢打开，露出一张皱巴巴的纸条，已被他手心里紧张的汗水浸湿了。

李老师把纸条拿过来，露出得意的神情说：“考试时不能作弊，被老师抓到了，诚实的品德也就没了。”

瘦男生把头低得更矮了，脸红得像一只熟透的苹果。

李老师继续说：“证据确凿，你的卷子也只能没收算零分了。”

瘦男生恳求说：“求您别没收，要是算了零分，我妈妈那边就……”话没说完，便趴到桌子上哭了起来。

李老师缓慢打开了那张纸条：第一行字是胖男生写的，“你妈妈病了！你咋办？”第二行是瘦男生写的，“我考完试去打工，给妈妈挣医疗费。”

李老师看完就惊呆了，感觉有一种酸涩的东西瞬间堵在了胸口。他连忙把纸条塞给瘦男生，道歉说：“老师错怪你了！”

光头班

周一上早自习时，学生们陆陆续续到校了。班主任陈老师看了看座位，发现只有王浩同学迟到了。

第二节课上了一半时，王浩才背着书包来到教室门口。他透过教室的玻璃窗看见陈老师正在讲课，犹豫了一下，还是轻轻敲了敲门，喊了一声："报告！"

陈老师停下讲课，走下讲台，喊了一声："请进！"门打开了，王浩戴了一顶有印花的蓝色鸭舌帽，背着书包慢吞吞进来了。

教室里立刻发出了一阵低笑声，有的同学冲着王浩挤眉弄眼，有的指着他的帽子在窃窃私语着什么。

王浩看了看陈老师，低声说："对不起老师，我迟到了。"

陈老师虽然有些生气，但还是平和地说："以后来晚了，不管啥原因，都要事先请个假。我给你爷爷打过电话了，说你早晨六点半就背书包来上学了，咋现在才走到学校？再晚一会儿，我就得通知你家人去找你了。"

王浩认真点了点头说："老师，我保证没有下一次了，那我回座位了。"

陈老师说："等一下，请你摘下帽子，再回到座位去。"

王浩迟疑了一下说："老师，能不能不摘帽子？"

陈老师立刻沉下脸说："那不行，教室里不是摆酷的地方，这是校风校纪和最起码的礼节问题。"

王浩无奈地低下了头，慢慢摘下了他头上那顶很酷的鸭舌帽。

教室里立刻爆发出一阵哄笑声，有的学生甚至笑得前仰后合。

陈老师看了一眼王浩，也差点乐出声来，随后马上又收住了笑，很严厉地说："王浩同学，这里是学校，不是少林寺！谁允许你剃了光头！你这不是给咱六年二班丢脸吗？"

王浩低下了头，紧绷着脸，一句话也不肯说。

陈老师看了看时间，怕耽误学生们的课程，无奈地说："你先回座位，找个时间写一份检讨给我。"

王浩点点头，慢腾腾回到了座位。

下课后，班里的男生立刻都围了过来，对着王浩说笑。小凯说："王浩，你想出家当小和尚啊？"小宇说："他是想当演员，扮演一次光头强！"说完，所有的男同学又都哄笑起来。

班里的大个小刚站到王浩面前，伸手摸了摸他的光头说："挺亮的，你家晚上不用灯泡了！"

王浩憋了一肚子火，终于按捺不住了，腾地站起身，对准小刚的胸脯就是一拳。小刚说："好小子，你还敢打我！"两个人瞬间支起了黄瓜架，很快就双双倒在地上，扭成了一团。

小凯和小宇见情况不妙，赶紧跑出去找陈老师。陈老师气坏了，把小刚和王浩都叫到了办公室，狠狠地批评了一顿，并让他们都写一份检讨书。

中午自习时，小刚把自己的检讨书交给了陈老师，承认自己不该嘲笑同学王浩，态度很诚恳。可再看王浩，一个字也没写。

陈老师很生气地说："王浩同学，你剪了一个光头，又迟到，本身就错了，接着又跟同学打架，为啥不承认错误，也不写检讨？"

王浩低着头，眼泪噼里啪啦掉下来，犟嘴说："老师，我剪光头没有错！谁让他们都嘲笑我！"

陈老师说："你再这样下去，我得找你爷爷说去。"

王浩抹了眼泪说："老师，你不能找我爷爷告状，我回家自己说。"

第二天早晨，陈老师发现，王浩同学没来上学。陈老师利用中午时间，特意去了一趟王浩家。

下午上课时，陈老师领着王浩一同进了教室。全班同学看见他们站在讲台上时，顿时都惊呆了。

陈老师也剪了一个光头！和王浩一大一小站在讲台上。

同学们你看看我，我看看你，谁也不敢说话了。

"我的样子是不是很难看，你们不敢嘲笑老师，是不？"陈老师接着说，"老师因为失职，对班里同学了解不够全面，错误批评了王浩同学，今天当着全体同学的面，给王浩同学道个歉。"

陈老师看了看讲台下沉默的同学，低沉着声音说："王浩同学的爷爷患了癌症，经过几次化疗下来，老人家的头发都掉没了。王浩同学为了安慰爷爷，让病床上的爷爷快点好起来，特意去理发店剃了一个光头。

"王浩那天对爷爷说：'爷爷，你笑一笑病就好了，你看孙子的头型跟你一样的呢！王浩的爷爷那天哭了，那是高兴哭了。"

陈老师讲到这里时，同学们都低下了头，有的轻轻啜泣起来。小凯站起来说："老师，是我们错了，我们不该嘲笑他！""对！是我们错了！"全体同学都站起来道歉说。

陈老师和王浩站在讲台上，一句话也说不出来了。

第三天早晨，陈老师一进教室就愣住了，他看见全班的男同学都剃成了和他一样的光头！

陈老师诧异地问："你们这是？"

陈老师的话还没说完，全体同学起立，齐声喊："老师，我们班是光头班！"

陈老师看了看王浩，见他低头哭了，自己的眼角也跟着湿润了！

红蜻蜓

桓龙湖岸，凝眸细望，青山绿水间鹭鸟齐飞，烟波浩渺处群山竞秀。近处则凉风习习，青草葳蕤，野花点染。

老满坐在一块巨石上，望着湖上的美景发呆。小满穿了一件打着蝴蝶结的红花裙，在岸边跑来跑去，像一只美丽的红蝴蝶。满先生举着单反相机追着小满拍照。

原来满先生见朋友圈晒各种亲情美景，也雅兴忽至，带上父亲老满和五岁的女儿小满来到了桓龙湖。

小满忽然发现一只红蜻蜓从她的身边飞过，她惊喜地喊：“爸爸，爷爷！快看，红蜻蜓！”小满追着红蜻蜓跑，很快钻进岸边的草丛里。从远处看，在蓝天青草的映衬下，小满便是一只美丽的红蝴蝶。

满先生追过来喊：“小满，别乱跑！小心脚下，草丛里有蛇。”

小满回头冲爸爸伸伸舌头，调皮地说：“我想要红蜻蜓！我不怕蛇！”

满先生见草丛里的小满比红蜻蜓更好看，便抓住时机给小满拍照。咔嚓、咔嚓！一张接一张地拍。

小满听见拍照的声音，噘着小嘴说：“爸爸，你别再拍了！你看，那只红蜻蜓就落在那根树枝上，它是不是飞累了？我能抓住它吗？我想和它做朋友。”

满先生笑着说：“你喜欢红蜻蜓，从远处看它就够了，为啥偏要抓它呢？万一碰坏了翅膀，它可就不能飞了，也不漂亮了。”

小满不大情愿地点点头说：“那我就站在这里看它。”小满站在草丛里，翘起脚尖，努力靠向那根不太高的树枝。红蜻蜓、绿树枝、青草、野花和小满的红裙子。满先生找好了角度，调好焦距，他的心怦怦跳了起来，他发现这是小满最美的一张生活照。他想象着，如果把这些好看的照片寄给小满的妈妈，她一定会回来的。

小满看了一会儿红蜻蜓，又忍不住回头说：“爸爸，你看它的翅膀和肚子都是红色的，翅膀上还有两个黑色的蝴蝶结呢！”

满先生刚要按下快门，见小满回头说话，赶紧示意她说：“小声点，别把红蜻蜓给吵跑了！”

小满很乖巧，悄悄转过头去。满先生不敢大意，找准了角度，咔嚓！就在他按下快门的那一瞬间，画面里突然多出一只大手，一下子罩住了那只美丽的红蜻蜓。

满先生不禁有些恼怒，回头见是父亲老满站在身后，无奈地摇摇头说：“可惜了，这么好的一张照片，让您老的手给糟蹋了。”

老满并没听见满先生嘟囔啥，他赶紧把小满抱出草丛，责怪道：“哪有你这样当爸爸的，孩子的安全也不顾，那草丛里万一有蛇，后果不堪设想！”

小满被爷爷强行抱出草丛，不见了红蜻蜓，便哭着喊：“爷爷坏，我要红蜻蜓！”

老满笑嘻嘻地说：“小满，爷爷会变戏法，你看，这是啥？”老满说着张开手，只见那只红蜻蜓就站在爷爷的手心里。

小满立刻破涕为笑，爷爷抓到红蜻蜓了！快给我！小满生怕那只红蜻蜓飞跑了，伸出小手捏住它的一对翅膀。红蜻蜓用力挣扎着，可咋也飞不动了。小满嘻嘻地笑着说："爷爷，你看它的嘴和几只脚都在动呢！它是不是要跟我说话？可我一句也听不懂。"

爷爷说："小满这么喜欢蜻蜓，爷爷再给你抓几只来，你别乱跑就行。"

小满很乖巧地喊："爷爷，太好了！我有红蜻蜓做朋友喽！"小满蹲在岸边，见脚下有一个小水湾，便对红蜻蜓说："咱俩玩浮水吧，你能在水上飞，也一定会游泳吧。"小满把红蜻蜓放进水里，红蜻蜓用力扇了扇翅膀，吃力地爬出来，想要起飞。小满急了，一把按住红蜻蜓，却不小心弄断了它的一只翅膀。

小满吓坏了，急忙喊："爸爸，红蜻蜓被我弄伤了！它以后回不去家了，是不是也会想妈妈？"

满先生急忙跑过来，见那只红蜻蜓断了一只翅膀，可怜巴巴躺在石子上，叹口气说："小满，它再也不能起飞了，也不能回家了。"

小满听了，眼泪一对一双往下落。"爸爸，都怪我，它以后也跟我一样想妈妈了！我把它带回家吧。"

满先生鼻子一酸，扭过头说："小满，你妈妈早晚会回来的！"

小满流着眼泪说："我妈妈一定很漂亮吧，等她回来时，我把这只红蜻蜓送给她。老师说，跟红蜻蜓做朋友的都是好孩子。"

老满跑过来喊："小满，爷爷又给你捉到两只漂亮的红蜻蜓！爷爷小时候是捉蜻蜓能手，用蜻蜓套一扑一个准，再用路边的草茎穿成一大串，拿回家倒在院子里喂鸡鸭。"

小满心疼地说："爷爷太残忍了！老师说，蜻蜓是人类的好朋友。"小满说完，小心捧起爷爷手心里的两只红蜻蜓，轻轻地放飞了！

满先生赶紧举起相机，咔嚓！小满仰头放飞红蜻蜓的画面，瞬间定格下来。他想，远方的她看见这张照片会回来吗？

进步奖

下晚自习，月朗星稀，兰站在学校门口接女儿回家。

路上，女儿高兴说：“妈，这回月考我前进了三十名。”

“好事，等妈给你奖励。”兰的脸上露出笑容，心里比喝了蜜还甜。

“周五开家长会，可能会得到表扬，老师说我获进步奖。”女儿顿了一下说。

“好啊！妈脸上也跟着贴金！”兰的笑容更灿烂了，伸手挽住女儿的胳膊。

“可我担心一件事，老师让班长给我写材料。”女儿瞬间忧心忡忡。

“担心啥？那是光荣的事！”兰好奇地瞪着女儿，心里犯嘀咕，难道老师找女儿谈心了？

“今天班长写稿，为难死他了！发动了整个班级！一齐寻找我刻苦学习的材料，直到大家头疼，也没找到。议论一番，班长决定，把我的日常表现反着写正好。

“比如，每天中午大家都在看书，我一定在睡觉，写成‘每天大家午睡时，我都在学习’。”

“晚自习课间，大家都在做卷子，我在操场跑步，写成‘别人都在玩，我在做卷子……’班长写完材料，同学都笑了。”

女儿缓慢地叙述，抬眼看着兰。

兰心里一颤：这不明显撒谎吗！这样的家长会，真没法去。

“我不让写。班长说，老师让他必须写！好作为学习的榜样。”

兰无奈地摇了摇头说：“没救了，说谎的风气都传染到学校了。”

她抬头看看月亮，不知啥时躲进一块乌云后边。

周五家长会，班级里坐满了家长。女儿的书桌上果然放了一张进步奖的奖状，还有一张成绩单。

班长在全体家长面前，读了表扬女儿进步的材料。兰低着头，勉强听完，脸红到了脖子，显得坐立不安。

班主任却语重心长地对家长说：“班长读的材料是反的，孩子们不敢说实话。张婷同学的进步，我全看在眼里。一是她注重学习效率，方法得当；二是学习有张有弛，不熬夜拼时间；三是会合作，与同学在薄弱学科上互帮互助。我要表扬张婷的家长，不逼着孩子死读书，给孩子一个轻松的学习空间……”

家长会结束了，兰松了一口气。还好，老师不糊涂！不过，自己倒有些糊涂，孩子的物理薄弱，成绩一下子提高了二十分！啥原因呢？还有上次俺来找老师谈孩子早恋的事，不知咋解决的？

兰慢吞吞走到门口，班主任叫住了她：“张婷的妈妈，孩子这次进步最大的原因是班长李小龙对她薄弱学科的帮助，希望你是开明的家长，正确看待男女同学交往这件事！”

兰的脸红了一下，瞬间全明白了。

葵花籽

小王每讲一题，敲几下黑板，才十几分钟，额上便渗出细密的汗珠来。

小王停了一下，她感觉肚子里动了两下，怀孕七个月了，讲课也明显变得越来越吃力。她贴着黑板，小心挪动了几步，又继续讲课。

黑板的右上角标注着一行醒目的数字，中考倒计时十五天。

小王清楚，现在课堂上的每一分钟都比金子还宝贵，有很多重点知识学生吃不透，再不舒服也得咬牙坚持。

小王又讲了十几分钟，转身板书本节课的重点，身后却传来讲话的声音，尽管压得很低，但能听出是女生。小王沉下脸，转过身子，扫视了一眼全体学生，那声音立刻消失了。

小王接着板书，身后又传来一阵嘁嘁喳喳声。小王耐着性子写完，转身将粉笔扔到讲桌上，生气地问："谁在下面讲话？"

班里最后一排的一个女生，低着头慢腾腾地站起来，小声说："老师，是我。"

小王见是陈雪，便发起火来，厉声说："你不学习也就罢了，咋也不能影响其他同学听课！"

陈雪红着脸说："老师，我不是故意的！"

小王发怒了："狡辩，不是故意的，那干吗要讲话？"

陈雪抬起头，将手里的一本书"啪"的一声摔到课桌上，受了冤屈似的，低下头不再说话。

小王顿时火冒三丈："你竟敢摔老师！还懂不懂规矩了！"

陈雪低着头，不反驳也不回答。

小王训斥了几句，肚子里又动了两下，并隐隐作痛。小王怕动了胎气，只好打住，眼角不自觉落下泪来。

班里的同学见小王老师哭了，都回头用目光指责陈雪。

陈雪抬头看了看，又低头沉默。

小王见陈雪这样，怕耽误课程，只是缓了缓，擦了眼泪，又继续讲课。

自从这件事后，小王老师再上课，教室里总是静悄悄的。

陈雪依然坐在教室的最后一排，跟以前一样不听课，只是不说话，在课桌下偷偷摆弄着什么。

小王发现后，几次想走到教室最后一排去看，想知道陈雪在课桌下到底摆弄啥，可她刚走过去几步，陈雪就会直起腰假装听课。

小王暗自摇摇头，心想，反正也快毕业了，如果再惹一肚子气，动了胎气也不值得。再说复习时间这么紧，得把眼光盯在升学考试的重点生身上，哪有时间再去关注陈雪这些小事。

不知不觉，黑板上的倒计时数字变成了"一"，小王早把陈雪的事给忘得一干二净，甚至记不起课堂发生的事。

今天是学生在校的最后一天了，小王老师上了最后一节课，她反复叮嘱考试答题的注意事项，并献上了一段真诚祝福的话。

小王意外发现，陈雪第一次认真听课，眼睛里还泛出一种闪光的东西。

下课铃声响了，小王如释重负一般，长长地吁出一口气，才夹着课本缓缓走出了教室。

“王老师，请您等我一下！”小王还没走多远，便听见身后有人叫她，停下脚步回头一看，是陈雪从教室里飞了出来。

“你有啥事？还有哪个问题没懂？”小王微笑着问。

“王老师，我、那节课，真不是故意说话。我见您讲课时汗珠儿都下来了，就跟同学商量，是不是该给您搬一把椅子，让您歇一会儿。没承想却惹您生气了，我那天不该摔书本，今天特意来给您道个歉！”

小王听明白了事情的原委，心里最柔软的东西被莫名刺痛了一下，连忙说：“其实老师也有错，没弄清原因，便冤枉了你。”

陈雪白皙的脸上笑出两个甜酒窝：“王老师，我要走了，去父母打工的城市学习美发，也帮家里减轻负担，所以想在毕业前送给您一样礼物。”

陈雪说着，从书包里掏出一个裹得很严实的纸包，小心翼翼递过来：“我听妈妈说，怀孕的人要多吃葵花籽，就特意给您准备了。您别嫌脏，这可是我用两只手一粒一粒扒好的，您回办公室再吃！”

小王看着陈雪诚恳的目光，不好拒绝，接过纸包，一股暖流涌过心底，连忙说：“谢谢你！这是老师收到的最贵重的礼物！”

陈雪笑了，冲她摆摆手，便转身跑掉了。

小王回到办公桌前，小心打开纸包，白净的瓜子仁，一粒一粒堆放在纸上。她捡起一粒，放进嘴里慢慢嚼着，突然间醒悟，陈雪那些天在书桌下搞小动作，原来是为了这些瓜子仁！

小王顿时满眼泪花……

那个提灯的人

“不念了！我要回家！”心如哭着冲进教室里时，有些失去了理智，甚至忽略了班主任陈老师正在上课。

陈老师停下来，几十双眼睛同时投向心如，都被她突然的举动惊住了。

陈老师问：“你向政教处承认错误了？”

心如将课桌上的书本一股脑儿塞进了书包，哭着说：“眼镜不是我摔坏的，凭啥让我赔？”

陈老师望着心如脸上一对一双的眼泪说：“任何事情都会水落石出，你把书包放下，先冷静一下。”

心如抹了一把眼泪说：“他们在走廊打架，眼镜掉在地上。我捡起来时，那眼镜就碎了，可你们都冤枉我，让我赔！”

陈老师说：“在走廊打架，监控有记录，相信政教处不会冤枉你的。”

心如的哭声落下来，坐到座位上，轻微地啜泣着。

陈老师继续讲课，作文题目是《感谢那个为我提灯的人》。陈老师说："在我们成长过程中，每个人都可能迷茫或者犯错，生活在你身边的人，往往给予你最大的帮助，或者引导你走出困境，让你找到前行的方向。请大家仔细思考，找到生活中令你感动的细节，描写出那个为你提灯的人。"

教室里静悄悄的，几十位同学都陷入了思考中。有的眉头紧锁，有的很快打开作文本，"唰唰"地写起来。

心如止住了哭声，握着笔沉思着，但一个字也没写。

又过了十几分钟，陈老师刚想再讲几句，心如红着脸举手说："老师，我、我妈来了！我出去一下，等课下再补写作文，可以吗？"

陈老师往门外看了看，只见一个裹了厚围巾的女人，头发、眉毛和围巾上都结了厚厚一层白霜，正透过门玻璃焦急地向教室里望着。陈老师冲她微笑着点点头，才对心如说："你去吧。"

心如飞出教室，握住母亲一双冰凉的手说："妈，大冷天的，你咋来了？"

母亲看了看心如说："妈能不来吗？我接到陈老师的电话，说你摔坏了同学的眼镜。跟妈说实话，这是不是真的？"

心如低下头说："那个男同学欺负我，可眼镜不、不是我摔坏的。"

母亲叹口气说："心如，妈了解你，你每次撒谎都会低头。摔坏了不要紧，咱们认个错，咋也不能撒谎啊。"

心如突然大声说："妈，我没撒谎！"

母亲盯着心如说："妈把钱带来了！走，跟妈去找陈老师和政教处认个错去！"

心如的眼泪又下来了，委屈地说："真不是我！你们凭啥都不相信！"

母亲的眼角红了，厉声说："你得去认个错！"

心如说："我就是不去！"

母亲沉默了一会儿说："心如，你不认错，就跟妈一起回家，这书咱不能念了。"

心如哭着说："不念就不念！"她说完转身跑回了教室，背上书包就走。

下车后，心如一路低着头，紧紧跟在母亲身后，厚厚的积雪被母亲踩得咯吱咯吱响。心如这才发现，母亲脚上的厚呢子棉鞋开裂了一条长缝，露出了袜子的颜色，看上去难看极了。

心如的鼻子酸了一下说："妈，看你脚上的鞋，穿了好几年，都开长口了，倒是买一双新的啊！"

妈回头瞪了心如一眼："我穿啥能咋的，冻不着就行呗！家里用钱的地方多着呢！"

心如张了张嘴，低头看了看上周妈给自己买的新羽绒棉衣，便低头不语了。

母亲推开了家里的铁大门。心如看见院子里堆了一座小山似的苞米棒子，暗红的颜色衬托在雪地上更加鲜艳，父亲正坐在上面一口接一口吸烟。

母亲搓搓手问："苞米都卖了？"

父亲看了心如一眼说："都卖了！只是一斤就比去年掉价两毛多，这几万斤粮食，少卖了很多钱。"

母亲说："咱们节约着花，咋也够用！你的手咋出血了？"

父亲说："没事，被机器碰了一下！只要心如将来能考上大学，咱受苦受累也值了。"

心如听见爸妈的对话，想到这一年里，他们在田里劳动时的身影，心里一阵酸涩。她躲开父亲的目光，红着脸说："妈，我、我错了！我怕家里没钱，就不敢承认。是我找同学打了他，眼镜也是我摔碎的！"

妈红了眼睛说："我和陈老师早知道是你！就等着你主动认错，明天妈陪你去学校。"

心如流着眼泪点头说："妈，那、那我进屋写作业去了。"

心如打开作文本，写上标题《感谢那个为我提灯的人》，几滴眼泪顺着脸颊滑落下来，瞬间打湿了那一行字。

牛司令

马牛仔读小学时，是河湾村的孩子头。同学送他外号“马司令”，更多的同学喜欢叫他“牛司令”。不仅因他长得壮实，更因他说东，谁也不敢说西，都怕被他欺负。

马牛仔长了一对精明的小眼睛，只要转几下，就会生出一肚子的馊主意。班里的同学几乎都被他欺负过。

马牛仔的班主任姓李，才三十多岁，头顶便有些秃。那时河湾村小学缺编，语文、数学、音乐都他一个人教。

李老师讲课时很有特点，总仰头或者斜视，眼睛从不向下看。学生们发现了他这个特点，想在课堂上偷搞小动作，或者淘个气啥的。让学生不解的是，这些小把戏，经常被李老师识破，甚至逮一个正着。

数学课上，李老师在黑板上写了几道题，提问了两名学生，都赶巧坐在马牛仔的前座。

李老师喊，张小丫！你回答黑板上的问题。张小丫站起身，却惨叫了一声，哭着告状说：“李老师！马牛仔欺负人，他把我的辫子拴椅子上了！”全班同学一阵哄笑。

李老师气得一拍桌子：“马牛仔！站着听课！”

马牛仔慢悠悠站起来，回头冲同学们挤眉弄眼了几下，然后挺了挺身子，将表情绷得很严肃。

李老师瞪了他一眼，又喊：“王拴柱！你来回答。”

班长王拴柱声音洪亮，大声答完老师的问题。

“答对了，请坐！”李老师满意地点点头，又转向马牛仔，厉声说，“看见没，你得向王拴柱同学学习。满脑子的小聪明，都用错地方了。”

王拴柱听见表扬，喜滋滋地坐下去，只听“扑通”一声，连人带椅子一起翻仰在地上。同学都愣了一下，等明白过来时，又一阵哄笑。原来马牛仔见王拴柱站起身答问题，站在后面将椅子悄悄移开了。王拴柱不知情，一下子便坐空了。

李老师这次火了，厉声喊：“马牛仔！到前面墙边站着，好好反省！”

马牛仔一只手拽了袖头，抹一把快流到嘴角的鼻涕，慢吞吞走到教室前面，靠墙边规规矩矩站好。

李老师继续讲课，眼睛向上盯着房顶。五分钟后，马牛仔将后背贴墙，向门口轻轻挪了两步，瞥了老师一眼，又挪了两步，老师还在讲课，又挪了三步，到了门口。

有位同学发现了，盯着马牛仔看。马牛仔冲他狠狠瞪了瞪眼，警告他不许出声。那位同学怕他，赶紧将目光移向别处。

马牛仔悄悄将门欠开一条缝，见老师还在讲课，心下一喜，将门缝欠大，黑泥鳅一样从门缝挤了出去，撒腿就跑。

李老师听见门响动，扔下粉笔喊了一嗓子：“好你个马牛仔！”便几个箭步追了出去。

全班同学都愣住了，站起来伸长脖子向窗外看。只见马牛仔在前面跑，李老师在后面追。眼看就追上了，马牛仔突然一个猫腰。李老师愣了一下，来不及收住脚步，因贯力太大，便从马牛仔的后背翻了下去，结结实实摔了一个马趴。马牛仔不敢回头，很快跑没影了。

李老师爬起身，喘着粗气，指着他的后背，气得半天才说出话，好你个马牛仔！简直就是“牛崽子”！

因为这件事，马牛仔回家挨了一顿揍，又当着同学的面，给李老师道了歉。全班同学从此更不敢招惹他了，当面都恭敬喊他“牛司令”“马司令”。等挨了他欺负后，背后便恨恨地叫他一声，“牛崽子”“牛崽子”！

小学毕业后，马牛仔便辍学在家。大家各忙各的，想见一面都难了。令李老师没想到的是，马牛仔成家立业后，馊主意全都用到了正地方，完全变成另外一个人。

马牛仔在河湾村事事都领先，种植蔬菜大棚和香菇、养猪、养鸡等。在他的带动下，河湾村很多农户都富了起来，今年换届选举时，他竟然成了河湾村的村长。

快过年时，马牛仔拎上两瓶好酒，特意去拜访退休了的李老师。两个人见了面，李老师特别高兴，多喝了几盅酒，便提起三十年前追他那件事。马牛仔红了脸说：“那时小，不懂事啊。”

等同学聚会时，马牛仔说啥也不好意思去。李老师劝了半天，他才答应。走到门口时，他怯怯地问李老师：“被我欺负过的同学是不是都回来了？”

李老师笑着说：“都回来了！找你算账来了！”

神秘的键盘

“今天擦讲桌的值日生是谁？”下早自习的铃声响过，王老师便站在讲台上皱着眉头问。

“老师，是、是我！”宇航低着头慢吞吞从座位里站起身，其他同学立刻投过来关注的目光。

王老师紧皱了眉头说：“以后记着，值日时要擦电脑键盘，上面已经落满了粉笔灰。其他任课教师上课时要使用电脑，会影响讲课情绪的。其他同学也要履行自己的职责，认真打扫卫生，给自己一个良好的学习环境。”

王老师严肃地强调了班级卫生，又转身去找来抹布，把讲桌下的电脑键盘擦拭干净，才看了宇航一眼说：“你记住没？记住就请坐吧！”

“记住了，老师。”宇航如释重负般舒了一口气，才慢吞吞坐下。其余同学对宇航投去特别诡秘的笑意。

周三的早晨，电脑键盘上的灰尘落得更厚更满了。宇航却视而不见，只是埋头将黑板和讲桌擦得能照出人影儿来。

王老师上完数学课后，发现了这个问题，又拿来抹布把键盘一点点擦干净。

下午的班会上，王老师有些生气，又特意强调了一次卫生问题。全班同学都把头低下了，没人敢正视老师的眼睛。

周五下午，住校生陆续乘校车回家，班级里还剩一部分同学上自习。王老师走到班级的后门，从玻璃窗外偷偷察看班级的纪律。

这一看不要紧，气不打一处来。宇航竟然跟不学习的于哲混在一起，两个人头碰头，正围在电脑前神秘地鼓捣着什么。

王老师带着怒气，“咚咚咚”踩着高跟鞋走进了教室。再看时，教室里静悄悄的，学生们大多在那儿低头写作业，唯独于哲把脸扭向了窗外。

“哪位同学偷开电脑了？”

教室里静悄悄的，甚至能听见彼此的呼吸。

“作为一名学生，诚实是最好的美德，不要让我失望。”王老师环视了一圈，她想让学生自己承认错误。

学生们都不敢抬头，闷坐了半天。

“老师，是、是我。”宇航从座位上站起身，吞吞吐吐地说。

“你在电脑前做什么？”

“我、我看电脑键盘的粉笔灰太多了，就喊于哲递抹布，我把它擦干净了。”

其余同学听了，立刻都笑了，还在底下挤眉弄眼看着于哲。

王老师低头看了一眼键盘，果然没有灰尘了。只好半信半疑地让宇航坐下，以后没再提及此事。

一年后，学生们毕业了。教师节那天，王老师收到了一封信。

王老师您好：

您最近身体还好吗？祝您教师节快乐！今天特意给您写一封信，

表达我内心的歉意。

您还记得键盘上的灰尘吗？那件事不怪宇航。他是为了我才那样做的。还记得吧？您那时候害怕我们偷着玩电脑，每隔一段时间就将班级的电脑换一次密码。为了盗取密码，宇航帮我想办法，故意在键盘上撒上一些粉笔灰。宇航这样做，不是想玩电脑游戏，而是为了帮我完成一个心愿。

我五岁时，爸妈就离异了，把我丢给了奶奶抚养。听说妈妈在海南打工，我有十年没看见妈妈了，也没有她的一点儿消息。我每天都想她为什么扔下我不管？海南到底是什么样子？妈妈为何留在那儿不回来？那时我讨厌学习，就想着哪一天去海南找她。

幸亏那天盗出了密码，让我在电脑上看到了海南，那儿的景色真美！看到它就好像看到了妈妈。也多亏您那天给我们留了情面，没有戳穿我们的谎言，今天特意向您道歉。

新一届的学生也像我们一样调皮吗？希望老师不要太辛苦而累坏了身体。诚祝老师身体健康！

您的学生：于哲

王老师收拾办公桌时，无意中翻出了上面这封信。她拿着那张发黄的信纸，看了又看，眼睛微微湿润了起来，便给我们讲了这段七年前的往事。

随后她叹口气说：“那时我特别后悔，为啥没去认真了解自己的学生！”

甜麻花

下课铃声一响，七八个男生同时冲向讲桌前的热炉子，拥挤一番后，将饭盒各自抢了回来。

石头和二蛋是同桌，两个人同时打开饭盒，石头带的是玉米饼子和酸菜，二蛋带的是地瓜。二蛋侧过头，想看看石头带的是啥好吃的，石头赶紧将饭盒捂住，并往外挪了挪。

二蛋撇了撇嘴，也将身子侧过去，两个人背靠背，一顿狼吞虎咽，那饭盒里的食物，几分钟后，便一扫而光了。

石头和二蛋同时舔了舔嘴唇，拍了拍肚子，那食物只够填满一半肚子，另一半还是空的。两个人将空饭盒收起，对望了一眼，心领神会笑了笑，便一起跑了出去。

石头和二蛋跑到操场上打雪仗，跑了一会儿，石头就坐在雪地上不动了。二蛋跑过来，挨着石头坐下，问：“你认输了？”

石头瞥了二蛋一眼，不屑说：“俺才不会认输，是怕消化快了，坚持不到放学，肚子又饿了。”

二蛋摸了摸肚子说："你说的是这个理儿，可总不能挺着，天天挨饿，我下午想逃课，想办法整点吃的，你去不？"

石头连忙摇头说："不去！跟你出去准没好事！"

二蛋撇撇嘴："就为那件事，你还在记恨俺？"

石头说："上次你去校外偷萝卜，让俺在一旁给盯着，说不会出啥事。结果人家找到学校告状，老师调查时，虽说你一个人给扛了过去，说不关我的事，但我回家还是挨了一顿揍。本来有我一个，你让我撒了谎，心里像压了一块石头，所以你以后逃学啥的，不要拽上我。"

二蛋沉默了一会儿说："这样也好，你是班里的好学生，别让俺给带坏了。反正俺是饿怕了，以后不带你了，但你一定要替俺保守秘密。"

二蛋说完站起身，拍了拍身上的雪，便跑回了教室。

石头垂着头，不知刚才的话是不是伤了二蛋，心里不大高兴。等他慢吞吞回到教室时，二蛋已经没了踪影。

下午上课时，老师问石头："二蛋呢？"

石头支支吾吾说："他、他说肚子疼，让俺给请半天假。"

老师瞥了石头一眼，叹了一口气说："二蛋天生不是念书的料。"石头低着头，觉着自己的脸红到了脖子根。

第二天早晨，二蛋背着书包来上课了，嘴里还哼着跑调的歌。石头第一次看见二蛋这么高兴，整个一张脸，不，连鼻涕都跟着放出光亮来。

第三节下课时，火炉上的饭盒刺刺拉拉冒着热气，好闻的饭菜香在教室里飘，石头听见肚子咕噜咕噜直叫，赶紧按住肚子，暗骂了一句。"不争气的肚子！"却瞥见二蛋从书桌里拽出了书包。

石头的目光跟了过去，只见二蛋摸出一根油汪汪的麻花来，迫不及待地咬了一口，然后大口地嚼着麻花，嘴里还发出"吧唧吧唧"的声音。

石头馋得流出了口水，赶紧低下头，他想到自己有大半年没吃到麻花了！可转念又一想：二蛋的麻花一定是偷来的，吃了也没脸见人！想到这，石头勉强咽下口水，将头抬了起来，假装没看见麻花。

二蛋吃完了一整根麻花，抹了一把嘴角的油，用胳膊故意碰了碰石头说："这麻花，又甜又香，老好吃了，你想尝尝不？"二蛋说着，变戏法似的，又从书包里拽出一根麻花来。

石头瞥了一眼那根麻花，油汪汪的，想象它的香甜，馋得口水又流到了口角。石头的手指动了动，又放下来，狠下心一扭头说："不尝！你那麻花一定不是正道儿来的！"

二蛋一听就火了："狗咬吕洞宾，不识好人心，不尝拉倒！哪来的，你管不着！"

此后的大半年里，二蛋经常逃学，隔三岔五地吃麻花，还故意在石头面前吧唧嘴，炫耀那麻花的香甜。

直到有一天，老师在班级里宣布说，二蛋偷了人家的粮食换麻花吃，被学校正式开除了。

从那天起，石头心里清静多了，再也看不见二蛋炫耀了。

三十年后，一次同学聚会，当了局长的石头见到了二蛋，二蛋已经成为一家食品连锁店的董事长。

喝多了酒的二蛋走过来，拍着石头的肩膀说："石头，不，张局，咱们上学那会儿，也不知是谁到学校揭发俺，说俺偷粮食换麻花吃，其实那粮食是我漫山遍野掏老鼠洞和翻苞米秆弄来的。"

石头涨红了脸说："那麻花一定很甜，俺一直后悔当年为啥不尝一口！"

小藏刀的“葬礼”

“不找到小藏刀，就和你没完！”新来气哼哼地指着比自己高出一头的同学俊男说。

“那你就等着，没工夫！”俊男一脸地蔑视，夹带一些心虚，毕竟是自己借来玩，可不小心甩到草坪里不见了。

“你找不找？还我小刀！”“就不找！一边儿去！”新来一听，怒气往上冲，伸手就是一拳，正打在俊男的前胸上。俊男立刻怒目圆睁，回手也是一拳。新来只觉着鼻子酸疼难忍，一股热流下涌，伸手一抹，见是鼻血，怒火中烧，跳起去抓俊男的脸，两人立刻扭打在一起。

新来长得瘦小，很快就被壮实的俊男压在身下。情急之中，新来一口咬住俊男的胳膊，拼出全身的力气挣脱出来。新来的脸上满是血迹，俊男的脸被抓伤，衣领也被拽坏。两人狠狠瞪着对方还想再打，一阵悦耳的晚自习的铃声叫停了他们，这才慢吞吞地先后跑回教室。

“怎么回事？什么原因打架？”张老师帮着两个孩子擦去血迹，整理了一下校服，很严肃地问。其余的孩子坐在座位上，静悄悄地观望。

“我们——我们俩先是疯着玩，后来——后来就动手打起来了。”俊男低着头，吞吞吐吐地说。

“老师，他撒谎，是打架了！你问他！”新来说着，立刻委屈地哭了。他的眼前浮现出爷爷慈祥而又苍白的脸，仿佛又听到爷爷临死前对他的叮嘱：“新来啊，你是个懂事的孩子，咱家条件不宽裕，学校把助学金给了你，一定要好好学习，以后长大了要懂得报恩。爷爷这一走啊，最放心不下你，这把小藏刀，留给你做个念想吧。”

新来觉着这个世界上只有爷爷最疼爱自己，饭桌上只要有好吃的，爷爷总是留着给新来吃。爸爸整天忙着地里的活儿，几乎无暇顾及他，更何况还有个弟弟。可妈妈呢？一想起心里就痛，五年，足有五年没见到她，不知去了哪儿？新来曾多次问过爸爸，不是得到一顿训斥，就是看见一张铁青发怒的脸。

“老师，我错了。我见新来的小藏刀好看，借来玩，掉草坪里找不见了。我态度不好，所以打架。”俊男见新来哭得伤心，吓得主动承认错误。

“俊男，知错能改就是好孩子，自己做错了事，就要勇于承担。可新来，你一直聪明懂事，最近怎么变成这样？听课不认真、不写作业、打架，这样下去你知道后果是什么吗？”张老师温和地说。

“老师，我想爷爷，更想妈妈，可爸爸不告诉我妈妈在哪儿。上个月回家时，邻居赵大爷说我不是爸爸的亲生儿子，可为了我吃苦受累，待我比亲生的还要好。我不相信这是真的，想找到妈妈问清楚，所以故意学坏。”新来把一肚子苦恼瞬间都倒了出来。

张老师眼睛有些湿润，拍了拍新来的肩膀，沉默了片刻，让两个孩子回座位学习。第二天，张老师特意去新来家做了一次家访，也不知和他爸爸说了一些什么。

“新来，我这几天又去草坪仔细找过，还是找不到，买一把新小刀还你吧。”一周后，俊男主动找新来，带来一把崭新的小刀。

“我不要，丢的那把是爷爷留给我作纪念的，你要是有心，就陪我去外面给小藏刀做一个‘葬礼’吧。”

俊男和新来蹲在校园的墙根儿，虔诚而又郑重地给丢失的小藏刀做了一个纪念“葬礼”。新来手心里攥着一封书信，坐在那儿给爷爷读着。“新来，妈妈很不称职，这么多年丢下你不管，不要恨妈妈。你爸爸虽不是亲生父亲，但胜过亲生父亲，比妈妈对你好。你一定要懂事，在家听爸爸的话，好好读书，再有五年妈妈就会回家了。”

新来的眼泪一串串地掉下来，内心说不出的酸涩，但又充满了无限的期待。心里大声默念道：“爷爷，妈妈有音讯了，您放心吧，我一定会好好读书，长大后也一定会报恩。”

一把梳子

元旦的前一天，我发现办公桌上放了一个包装很漂亮的小礼盒，上面还打了一个紫色的蝴蝶结。

我顿时很生气，昨天还在班级里强调，过元旦可以给老师送祝福，也可以制作贺卡，绝不能买礼物。这是哪位同学，竟敢当面跟我叫板，还送到我桌子上了。

当我打开两层包装时，里面露出一把很精致的桃木梳子，旁边还放着一个字条，上面歪歪扭扭写着一行字：马老师，祝您新年快乐！您的学生姜禹。

我有点赌气，便气冲冲走进教室。教室里顿时静悄悄的，静到能听见每一个孩子的呼吸。

我的目光像一把利刃，瞬间抛向了坐在最后排的姜禹。姜禹在同学堆里显得又高又胖，也很白净，戴着一副眼镜，斯斯文文的样子。每次见到他，都是先笑，露出一对浅浅的酒窝，再跟我打招呼。只见此时的他涨红了脸，偷偷瞥了我一眼，又连忙低下了头，不敢与我的目光对视。

“姜禹！你到办公室来一趟！”

同学们有的回头冲着他偷笑，有的开始窃窃私语。姜禹在我的正色审视下，慢慢站起来，推了推鼻梁上的眼镜，从座位里挪了出来，慢吞吞跟进了办公室。

“老师昨天刚讲的要求，任何同学都不准买礼物。你给我解释一下，为啥还要买礼物送给老师？”我手里举着那把桃木梳子，目光有些咄咄逼人。

姜禹低着头说：“老师，那把梳子不是我买的，是我偷妈妈的。”

我被他的这句话气得哭笑不得，只好问：“你为啥要‘偷——’你妈妈的梳子送给老师？”我故意将“偷”字拖长声音。

姜禹不知突然间从哪儿冒出来的勇气，抬起头说：“老师，我是感激您上次帮助了我！自从那节课后，大家都不再欺负我了。”

我愣住了，这才记起两个月前的那节语文课。那节课我在讲解一道阅读题，大致意思是一个叫浩泉的孩子嫉妒若文的成绩优秀，利用各种机会对若文冷嘲热讽，甚至故意把一碗汤泼到若文身上。老师来了，若文反而说是自己不小心碰的，结果两个孩子成了好朋友。标题是《这样的“怯懦”》，问：标题中的“怯懦”为啥要加双引号？你赞同若文这孩子的“怯懦”吗？结合实际谈谈看法。

平日不爱回答问题的姜禹第一个举手，他站起来很激动地说：“老师，这不叫怯懦，这叫宽容和大度！”我没想到这孩子能理解这样透彻，便继续追问：“那你也有过类似的经历吗？”

姜禹大声回答说：“有！前天晚上，我回宿舍洗漱，同学张雷趁我不在，把我的枕头扔到地上，还特意用脚踹。我回来看见了，只是默默捡起来，拍掉泥灰，没理他，也没告诉老师。还有一些同学，他们课间总来找我疯闹，趁机掐我，你看，我的胳膊都青了好几块，我也不跟他们一般见识。我这么做，就是因为我总在宽容他们！”姜禹说着挽起衣袖，示意给我看。

我望着讲台下这些刚入学没几个月的学生，咋也没想到还会发生这种事！我板下脸厉声问："张雷！有这事没？你为啥要欺负姜禹同学？还有哪位同学也欺负过他？"全班同学都低下了头。

张雷慢吞吞说："老师，我看他平时总是笑呵呵的，人也憨厚，就拿他恶作剧……以后再也不、不敢了。"

我望着长得瘦小的张雷说："姜禹长得比你高，也比你胖，要想还手，是很容易的事。可他没动手，不是怕你，而是宽容和大度！还有其他同学，我们班是一个集体，应该团结互助。大家有缘聚到一起学习，三年后将各奔东西，这是多么珍贵的同学情啊！以后还会发生这种事不？"

"不会！"同学们齐声喊。

我松下一口气，见姜禹在座位上也长长地舒出一口气，还小声说："谢谢老师！"我会心地笑了。

这件事过去两个月，我早已忘得一干二净，没想到这孩子还记在心里。我缓缓放下举桃木梳子的那只手，缓和语气说："姜禹，老师收下你的心意，可这梳子你必须拿回去，还给你的妈妈！"

姜禹突然间抹着眼泪说："老师，我妈她去国外好多年了。读小学时，我总欺负小同学。妈妈警告我说，你要是再敢跟同学打架，我就不会回来了。从那时起，我便开始学会了忍让，不跟同学打架。可是，妈妈一直也没回来，家里只留下了这把梳子！"

多么懂事的孩子啊！不知为何，我的鼻子一酸，竟落下泪来。

奇人李

“奇人李”是土生土长的东北人，五十多岁，黑黝黝的一张国字脸，中等身材，一头染黑的短发，走路稳健利落，笑起来如春风扑面，连眼角的皱纹里都藏着微笑。

初次相识，你一定认准他是练武术出身，更是没文化的大老粗，上前交谈几句，你却发现他热情健谈，且博闻多识。

“奇人李”的外号是陈校长亲自给他册封的。民间能称得上奇人的，都有一手绝活儿，靠手艺或者绝技行走江湖。“奇人李”还真没啥特别之处，也没读过几年书，令人惊奇的是他来学校刚满一年，学生对他的恭敬程度绝不亚于校长。学生在校园里撞见他，都会脆生生地喊他一声：“李大爷好！”调皮捣蛋的学生见了他，都好似老鼠见了猫，规规矩矩地站好。

“奇人李”听见一声问好，嘴角立刻弯成夸张的书名号，都快拉到耳根子了，同时停下脚步对学生点头回着：“好，好，好，李大爷好着呢！”然后背起双手，一路哼着不知名的歌，直奔学校公厕方向去了。

传说“奇人李”少年时长得壮实，又跟电影中的少林寺和尚学下几个动作，酷夏寒冬，苦练两年，自创一套不知名的招式，本身他又好打抱不平，很快成了校园里的“混世魔王”，打架斗殴，初三没读完，便辍学回家了。

“奇人李”如今经历几十年的磨炼，早已改头换面，眼下是学校雇来的临时工，每天午晚负责打扫两遍公厕。他对自己眼下的这份工作十分爱惜，干起活儿来也特别卖力。

校园里有几名男生，下课后藏到男厕里不是吸烟就是打架，不断制造事端，学校多次警告，就是屡教不改，让陈校长头疼不已。他刚来上班没几天，那天傍晚时，四名住校男生约好在公厕里打架，恰巧被“奇人李”撞了一个正着儿。

“奇人李”听见厕所里叫骂的声音，拎着笤帚冲进去，瞪起牛似的眼珠子，一声断喝：“快住手！”将那几个学生差点儿吓了个马趴儿。他扔下笤帚，上前一手抓住一个，顺势提起来，几步窜出门去，然后往地上轻轻一放，惊得这两人呆若木鸡。

另两个见势不好，本想夺门奔逃，哪知他身后好似长了一双眼睛，猛一个转身，左右手同时出击，两人便一动不动了。四个男生刚才还好似公鸡啄架，粗脖子瞪眼，领教了他这手疾眼快的身手之后，同时耷下了头，哪里还敢再生是非。那天以后，只要“奇人李”在校，男生便没人敢逗留在厕所里生出是非来。

不只是校内，校外的事他也敢管。校外有两个游手好闲的年轻人，总来校园周围闲逛，寻找机会到校园里挑衅。那天傍晚，两人趁着校园保安不注意，“噌噌”几下跳进了院墙，脚跟还没等站稳，一把笤帚“嗖”地飞过来，正好砸在一人的小腿上。年轻人一声惨叫，抬头一看是“奇人李”，吓得又重新翻上院墙，正准备逃脱时，被“奇人李”一把拉下来，严厉训斥了一番，两人再也不敢来随意闹事了。

“奇人李”还有一副热心肠，不管哪位学生遇见啥难事，只要他遇见了，一定会热情相助。那天课间，一位学生淘气，从台阶上往下跳，又往上跳，一不小心摔下来，摔成了小腿骨折，疼得大哭。“奇人李”撞见了，慌忙跑过去，一把将他抱起送进车里，开车就往医院跑，事后学生家长为表示谢意，想请他吃一顿饭，他却红着脸推辞了。

最令人不解的就是他开的那辆车，懂行情的都说能值四十多万。“奇人李”每天穿着一套洗褪色的蓝色工作服，却开着豪华车到学校打扫厕所，让所有人都震惊，甚至都不肯相信这是真的。

陈校长终于没忍住，好奇地问他：“你也不缺钱，咋偏偏选择来学校扫厕所，到底图个啥？”

“奇人李”憨厚地红了脸，又嘿嘿一阵乐：“俺还真有所图，儿子在南方做生意，剩俺一个人在家太冷清，俺图的就是热闹。俺这辈子最大的遗憾是没读几年书，后悔药没地方买，总想找回读书的感觉，感受校园的氛围，也稀罕这些孩子们，每天多看他们几眼，都感觉自己能年轻二十岁。”

“奇人李”慢条斯理说完，扛着笤帚又踱步去厕所了。陈校长望着他的背影直摇头，怪人啊怪人！

错　爱

淑兰吃了几口早饭，便坐在椅子上发呆，苍白瘦削的一张脸，在阳光的映衬下，破天荒添了两朵红云。

她突然记起了什么，穿上那件咖色的外套，抱着新买的毛绒玩具熊，急匆匆出门了。

枯黄的梧桐叶，一片接一片下落，踩在脚下，发出轻微的沙沙声。行人见淑兰抱着一个玩具熊，都投来怪异的目光。

“看啥看？我去接如如！”淑兰瞪了行人几眼，心里愤愤地想。她走到岔路口，不自觉地停了下来，见路旁有一棵银杏树，在阳光下黄艳艳的美。

银杏叶！小扇子似的银杏叶！淑兰仿佛看见如如在树下跑跳着：“妈妈！快帮我捡树叶，我要粘贴手工画！”

淑兰擦擦眼睛，可如如不见了，站在树下茫然找了一气，也不见人影，只好拍拍怀里的玩具熊，继续向前走。淑兰很快来到学校，隔了一道铁栅栏，向校园里不停地张望。

宽大的塑胶操场上，有两个班的孩子正在上体育课，时不时传来体育老师昂扬的口令。教学楼那边静悄悄的，在蓝天和周围花草树木的映衬下，格外壮观漂亮。

淑兰看了一会儿，想到如如正坐在教室里上课，脸上浮出幸福的笑意来。

响亮的口号声传过来，淑兰的眼前跑过来一队孩子。

“一二、一二！”伴着体育老师的口令，唰唰唰！四十几名学生的脚步，均匀而又整齐。镶嵌了几道白条的红校服，形成一条直线，在蓝天下格外耀眼夺目。

如如！是可爱的如如！一双黑亮的大眼睛，红扑扑的小脸蛋儿，一对扎着蝴蝶结的羊角辫，在肩上晃来晃去。

淑兰的心跳加速了，努力踮起脚尖，冲着如如使劲摆手，又举起手中的玩具熊用力挥着。

可如如并没看见栅栏外的她。“如如！妈妈在这儿！”淑兰的嘴唇动了动，声音在喉咙里转了几圈，又沉沉压了下去，最后从牙齿里挤出沙哑的两个字：“如如！”

淑兰冲着如如的背影用力挥手，可她却随着队伍跑远了。淑兰失望了，她垂下手臂，蹲在墙角，抱着那个玩具熊落下了几滴泪。

“我要找妈妈！妈妈不要我了！”一阵哭闹声从操场那边突然传过来。

如如哭了！淑兰清醒过来，她起身将脸贴在栅栏上，焦急地四处寻找如如的身影。

如如！找到了！如如就坐在不远处的操场上，呜呜地哭。老师走过去想把她拽起来，如如用力挣脱了，又执拗地坐下。

“如如别哭！妈妈来了！”校门打开了，一排接一排的低年级学生正向外走。淑兰疯了一般，不顾门卫的阻拦，哭着冲进校园，奔向了操场。

“如如！妈妈来了！”淑兰的到来吓坏了如如，她慌忙躲到老师的身后，怯怯地问：“老师，她、她是谁啊？”

淑兰责问老师道："如如犯了啥错？你干吗训她，我都看见了！"

老师说："您别激动，我刚才是训了她，她说妈妈在外打工不要她了，便坐在地上大哭，拽也不起来。秋天的地面很凉，容易生病，我不让她坐地上。"

如如从老师的身后探出头说："阿姨，是我不听话。"

淑兰一把拽过如如，将她抱进怀里，流着泪喊："如如，妈妈想死你了！这是妈妈给你买的玩具熊，喜欢吗？"

淑兰将玩具熊强行塞给如如，又将脸贴在她稚嫩的脸上。

如如吓坏了，哭着喊："阿姨，我不是如如！我没有妈妈了，妈妈不要我了！"

淑兰流着眼泪，将如如抱得更紧了！"傻孩子，妈妈不会不要你！"她又看见可爱的如如，手里攥着一大把银杏叶，从马路那边跑过来，"妈妈！妈妈！"一辆轿车飞奔过来，如如倒在了血泊中……

淑兰声嘶力竭喊了一嗓子："如如！"便晕倒在操场上了。

医院里，淑兰彻底苏醒过来，在她病床边站着的，除了家人，还有一位老师和一个陌生的小女孩。

淑兰望着眼前的小女孩，一双大眼睛，一对蝴蝶结羊角辫，太像如如了！她的心揪了一下，眼泪再次掉了下来。

小女孩走过来说："阿姨，我叫豆豆，我妈妈在城里打工，后来又有了新家，前些天扔下我和爸爸就走了。以后您要是想如如了，我就来看您！"

淑兰擦了擦眼泪说："好孩子，如如出了车祸，再也回不来了！"

豆豆拽着淑兰的衣襟哭："阿姨，我也想妈妈！"

病床旁的人鼻子一酸，也跟着默默掉下了眼泪。

寻找细节

下一节是作文课，我习惯性地提前几分钟走进教室。

“陈老师，您过来一下。”我刚把书本放到讲桌上，就听见坐在前排的小皓叫我。

“你找老师？有啥事？”我走过去轻声问。

小皓长得瘦小，眼睛也细眯眯的，最大的特点就是不爱笑。他的班主任也说，这孩子整天板着一张小脸，几乎没看见他笑过。

小皓见我走过来，从书桌下摸出几粒大榛子，诚恳地递给我说：“陈老师，给您尝尝，这可好吃了。”

我吃了一惊，连忙推回去说：“谢谢你，老师不吃大榛子，你留着自己吃吧。”

小皓见我推辞，干脆站起来塞给我说：“老师，您一定要尝尝，这是我秋天上山时采的，可香啦。”

“那老师也不能要，你住校，留着自己吃吧。”我微笑着又给推了回去。

同桌晓雯见状，又帮着小皓推过来：“老师，您得尝尝，否则小皓多没面子啊。”

我见俩孩子这么诚恳，没办法再找借口，只好接过来。

小皓平时不爱笑，上课也不爱回答问题。课堂上背课文或者答题，他总是最慢的一个。我每次都说，别泄气，你再试试，一定能行。万没想到，他有好吃的会想到我。也许是源于课堂上，我对他态度的诚恳和包容吧。我看着手心里的几粒大榛子，圆鼓鼓的，紫亮的色泽，内心一阵说不出的感动。

上课铃声响了，我开始讲作文指导课，作文题目是《暖，在心底绽放》。

我先给学生分析了题目，引导他们抓住题眼“暖”字，从生活中的细节入手，选取最感人的画面，突出“暖”字。如果没思路，就从写亲情开始，比如母爱……

学生们大多听得挺入神，很快陷入了沉思。有的孩子已经拿起了笔和作文本，完全进入了写作的状态。

“当当，当当当，当当！”安静的教室里突然传出一阵有节奏的敲打声。那是一支笔敲击桌面的声音，我寻声望去，见坐在前排的小皓，左手托住下巴，眉头和一双小眼睛几乎凑在了一起，右手攥着一支笔，正在下意识地敲着。

“小皓，别敲了！你看其他同学作文都快写满一页了，你咋还只有题目呢？还没找到思路？”

我走过来看他压在胳膊肘底下的作文本，不大高兴地说。

“老师，我找不到温暖的细节，所以写不出来。”

小皓放下笔，挠了挠头发，一张小脸憋得通红。

“真写不出来？”

“真的，老师。”

同桌晓雯也放下笔，推了推鼻梁上的深度眼镜，脆生生说：“老师，我也写不出来。”

“咋都写不出来呢？你们的生活中不可能没有温暖。比如，你们的妈妈，为了你们的学习和生活，一定操碎了心，付出了很多辛苦。可你们呢，一点也体会不到，对吧？”

我还想继续说下去，甚至暗想：现在的孩子，几乎都是在蜜罐里泡大的，哪里懂得父母的付出呢！

小皓突然打断我说：“我都有三年没见到妈妈了。小时候的事，也几乎都忘光了。所以，母爱真写不出来。”

晓雯也大声说：“我三岁时爸妈就离婚了，我妈就到外面打工去了。这么多年，我也见不到她，哪有啥母爱啊！”

俩孩子的话，让我震惊：“啥？你们的妈妈都不在身边？”

“是啊，所以写不出来。”

“那她们不回来看你们吗？”

小皓说：“我爸妈年底回来，住上六七天就走，平时都是爷爷奶奶管我。”

晓雯说：“我也是跟爷爷奶奶生活。我妈长啥样，我都快忘记了。对了，一个月前，她到学校来看我一次，还买了一些好吃的，可我不想见她。”

我的心被俩孩子的话深深地刺痛了，多么可怜的孩子！

小皓突然对晓雯说：“我好像见过，你妈妈就是那个绿头发的女人吗？”

晓雯点点头，撇撇嘴说：“对，就是她！你看看她那样，就那一身打扮，我真不想理她。”

我赶忙说：“你不能不理她，无论何时，她都是你的母亲，毕竟是赐给你生命的人。”

晓雯噘着嘴，摇了摇头，不再说话了。

我只好继续引导他们说：“那你们的爷爷奶奶对你们好不好？”

“好！”俩孩子异口同声。

“那这样，咱们从你们爷爷奶奶身上找温暖的细节，那样，你们的作文就有话可写了。”

“写爷爷奶奶也行啊，那我就会写了！”小皓的眉头一下子舒展开了，露出一个难得的微笑。

“欧了，我会写了！”晓雯跟着雀跃起来。

不知为啥，那一节课，有一股酸涩的味道，一直充塞在我的心口。

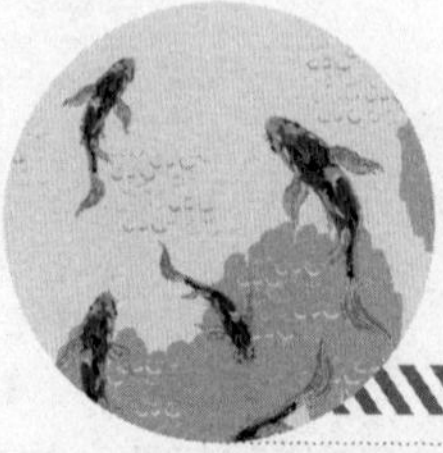

第二辑　小城故事多

跑　水

女人家住在三楼，下班打开房门的那一刻，惊得目瞪口呆，客厅里的水足以没过脚踝。

女人一边给丈夫老李打电话，一边冲进卫生间和厨房，检查了几处水龙头，都没毛病。找了一圈儿，才发现厨房的下水管堵了，水流正从这里源源不断冒出来。

惨了！准是楼上用水了！女人顾不上多想，将拎包和刚买的菜扔到茶几上，转身就往楼上跑。

她用力敲门，大声喊着："有人没，有人在家没？"她知道楼上搬来一户新邻居，大半年了，从没联系过，也不知这户人家姓啥。

门开了，一位戴眼镜的男子伸出头，上下打量了女人几眼，冷冷地问："你找谁？有事吗？"

"我是你楼下的邻居，下水管道堵了，你家用水全跑到我家，连客厅都淹了。女人急切地说。"

"我在厨房用洗衣机洗衣服了，真对不起，不知管道堵了。"男人赶紧跑进厨房将洗衣机关掉，紧跟着下楼，去女人家帮着清理客厅里的水。

女人看着地板泡在水里，心疼得直想落泪，拉下脸说："你姓啥？这损失也太大了，你家咋也要包赔这地板的钱。"

戴眼镜的男人说："我姓张，赔钱的事一会儿再说。"他说完又拿着盆低头舀水，拧着眉头在思索着什么。

老李接到了电话，急匆匆赶回了家，见到眼前的情景也皱起了眉头。

女人瞥了丈夫一眼，抬高声音继续说："小张，地板少说也要三千，这个钱你家必须出！"

小张顿了一下说："下水管道堵了，也不是我一家的责任，还有五楼、六楼的住户，他们也有责任。"

老李将泡过水的地板一块一块撬起来，看了女人几眼，也跟着说："那就都找到一起商量，谁的责任谁承担，反正这地板的钱得有人包赔。"

晚上小张将五楼六楼的住户都召集到老李家，大家合计怎样赔偿损失。

五楼小马、六楼的老王都觉着不合理，不大情愿掏钱，毕竟是小张家用水过量，直接淹了楼下。商讨了半天，大家心里都不舒服，也没定下结果。

女人为赔钱的事楼上楼下跑，想找一个说法。折腾了两天，最终一起敲定小张出一千五，小马和老王各出七百五。

女人收到了钱，事情总算告一段落。楼上的三位邻居掏了钱，心里极不舒坦，偶尔见面时，彼此连招呼都懒得打。

刚过半个月，三楼的女人家又跑水了！原来入冬以来，女人家的地热温度一直上不来。换上了新地板，屋里还是很冷。

女人天天嘟囔老李，说他无能。老李听说地热管道如果堵满了沙子，回水管道就不会热。于是他那晚心血来潮，自己找来一把扳子，三下五除二，扭开了管道的阀门。

没承想一股热水井喷一般，瞬间涌了出来。整个儿楼道热气腾腾，水流顺着楼梯向下猛冲。老李一时慌了手脚，越是慌乱越是拧不上阀门，浑身上下都湿透了。他硬着头皮鼓捣了十几分钟，也没整明白，只能眼睁睁看着水流向外喷。

女人推开门看见眼前的情景，吓得带着哭音大声喊："不好了，又跑水了，这可咋整？谁来帮忙啊？"

楼上的小张听见喊声，站在楼道里，向楼下望了望，到处热气腾腾啥也看不清。但他整明白了，是楼道里的管道阀坏了。他冷笑着想：哼，老李啊老李，活该！让你瞎折腾去吧。他转身又悄悄回屋去了。

女人喊了一会儿，楼道里没人回应，她这才想起打电话找物业求助。物业那边告诉他们别乱动，一会儿就派人来修。女人呆望着楼梯，瀑布一样的热水奔腾不息向楼下冲，眼泪唰地流出来。

女人对丈夫老李说："都怪我，不该天天挤对你，让你胡乱修。"

老李瞪了女人一眼，大声吼了几句："闹心不，别哭了，人都被你得罪光了，谁还肯来帮忙。"

五楼的小马和六楼的老王听到楼道里的吵闹，赶忙跑下来查看，也不敢乱动。二十分钟后，物业派来维修人员，很快将阀门修好，并告诫老李，以后不能自己胡来，有事找物业。

老李连忙赔笑点头应允。小马和老王跑回家拿来水桶和水盆，帮着老李向楼外除水。几个人正忙着，小张也拎了一个水盆出来帮忙。大家在楼道里忙了半个多小时，才将楼道的水打扫干净。

女人一旁给他们几位递烟，顿了顿说："实在对不住，让大家跟着受累了，要不这样，今晚我请客，咱们一起出去吃顿饭吧。"

老王抹了一把额上的汗珠儿说："吃啥饭呢，远亲不如近邻，咱们这不都是一家人嘛！"

女人红着脸点点头，转身回家拿出一千元钱说："其实这地板两千元就够了，剩下的你们拿回去吧。"

夜半谜声

小娟彻底失眠了！晚上九点半到十二点之间，总有一种“轰隆轰隆”的声音，传到卧室里，让人无法入睡。

这种声音已经持续四天了，刚开始时，小娟以为是楼上洗衣机的声音，便咬牙忍了两天，可这声音丝毫没有停止的意思。只要到晚上夜静之时，一定会准时响起来。

小娟躺在床上刚想休息，那声音便“轰隆轰隆”传过来，搅得她心烦意乱。越烦听得越清，越烦越无法入睡。小娟喊来老公说：“你快听听，这是啥声音？是从哪里发出来的？再这样下去，我一定会被折磨出心脏病来。”

老公竖起耳朵听了一会儿，推开门跑楼道里，敲了敲暖气管道，排除了这种可能性。他又四处寻找了一气，甚至跑邻居家门口听，也没找到声音的来源。

小娟说：“你还记得不？三年前楼上买了一台麻将机，从咱家听那声音，就像头上跑了一辆火车，“轰隆轰隆”比这声音大多了，不会又是哪位邻居买麻将机了吧。”

老公摇摇头说：“那绝对不可能！麻将机的声音不是这种轰隆法。再说了，在住宅楼里安装麻将机，也说明这家人素质不高。好在楼上那户人家还讲究，上去提了意见后，当天晚上麻将机就停了。”

小娟点点头说：“那是找对人家了，可眼下这声音实在太折磨人，到底是从哪里发出来的呢？”

两个人皱了眉头，又把耳朵贴在墙上，仔细听了听隔壁那边，感觉声音更大了。

小娟看看时钟，已经是晚上十一点半了。她翻来覆去，捂着耳朵在心里数羊，快要数到一千只羊了，才昏昏沉沉地睡了。睡了醒，醒了睡，这一夜也不知折腾几次，总算熬到了天亮。

第二天起床后，小娟连打了几个哈欠，看看镜子里的自己，面色很憔悴，连眼皮都肿了。吃完了早饭，小娟一看时间要迟到了，赶紧穿了衣服往车站跑。跑下楼梯时，感觉脚下软绵绵的。

小娟知道一定是血压出了问题，打电话跟单位请了假，到楼下的诊所去看病。诊所的大夫给小娟测了血压，结果是高压不足九十，低压不足六十，是休息不好导致了低血压，迷迷糊糊打不起精神。

小娟在医生的建议下，打了一针葡萄糖，一个吊瓶，才舒缓过来一些，强打精神去上班。等到了单位，小娟跟同事说了这件奇怪而又折磨人的事。

同事说：“或许是下水道在闹鬼呢！”

小娟的心紧了一下，头发都要竖起来了，下水道里也能闹鬼？不可能，这世上哪有鬼神呢？小娟撇撇嘴，一颗心稳了下来，十分肯定地说：“这世上根本没有鬼，一定是隔壁人家在做啥，才弄出这种声音来。”

同事接着说：“去年我家也闹了一回鬼，每到夜深人静时，就听见卫生间的下水道里，有一种冒水泡的声音。‘咕嘟咕嘟’，几乎每隔十几分钟，都会有冒水泡的声音。我和家人开始时都特别害怕，也不知那是啥声音，观察了十几天，找来几位装修的师傅，最终才弄明白。”

小娟迫切地问：“那到底是啥声音？”

同事哈哈一笑说：“我家住二楼，下水道里不知啥时进去了几条河鱼，是这几条小鱼作得妖，也害得我好几天睡不着，差点就去找算命先生了。”

又一位同事说：“我也经历过一次，每到夜深人静时，也听见一种“咕嘟咕嘟”的声音，还特别准时。后来才查明白，隔壁那家贴着那面墙，养了一大缸观赏鱼，里面安了定时置换氧气的管子，都是它闹腾的。”

小娟忍不住跟着大笑起来，心想解铃还须系铃人，回家好好查一查，一定弄个水落石出。这种声音，也实在太折磨人了，再这样下去，身体也实在吃不消了。

吃过晚饭后，小娟和老公商量了半天，等那声音再大一些时，想办法找到声音的源头。眼看时针又指向了九点半，小娟的心便悬了起来。时间到了，分秒不差，“轰隆轰隆”的声音又清晰地传了过来。

小娟和老公同时竖起耳朵，听了一会儿，赶紧穿上棉衣，跑去隔壁楼道里挨家挨户听了一番，也没找到声音来源。一连三天，小娟因睡眠不好，彻底病倒了。

正当两人无计可施时，邻居找上门来，都说这几天被这种声音折磨得睡不好觉。

一位邻居说：“咱们一楼车库那家，买了一种加工煎饼的机器，在家连夜加工煎饼。那机器声音很大，引起了楼上的共振，扰得咱们都无法睡觉了，咱们一起下楼去找那家说理去。”

大家一起敲开了那家的门，却走出来一位拄了拐杖的中年人。他问明原因后，红着脸道歉说：“实在对不起大家，我只顾自己的生意，加工到半夜，想多挣一些钱，供两个孩子念大学，却忽略了邻里的感受。我、我保证以后计算好时间，不会再发生这事了。”

大家互相看了看，连忙说：“没关系，我们帮你想想办法。”一位邻居跑回家，找来一些泡沫垫。大家抬起机器，给下面垫好。再打开机器时，那声音果然小了许多。

拄拐的男人一再感谢大家，并强塞给邻居们一家一袋煎饼。大家都不好意思要，可他说，不要就是瞧不起他。

回来时，大家谁也不肯说话，但都吁了一口气，今晚总算可以睡一个好觉了。

钱角飞了

兰英第一次带父母出门旅游，刚下火车，就被一位三十多岁的女人拦住了："几位，到俺的店住吧！保证住着舒适，价格便宜！不满意不要钱！"

兰英听了有些厌烦地皱皱眉头："对不起，我们定好住的地方了。"带着父母便往前走。

兰英妈小声跟在身后小声嘟囔："找个地方住就行，我这脚可走不了远道。"

兰英说："那得找个差不多的，揽客的小旅馆，没几家好的。"

走了一会儿，兰英望见了不远处的一个大宾馆，便径直拐了进去。

"双人间四百，不打折。"服务员懒懒地说。

"太贵了！金床还是银床？赶紧走！"兰英妈转身就走。

"妈，环境好心情也好，贵就贵些吧！"兰英不情愿。

"不住！要住你自己住！"兰英妈气哼哼地走出去，兰英只好跟出来。

“大姐，俺家离水边近，双人间五十，还能帮你们联系坐船！”那女人穿一件橘黄色的运动服，鲜亮亮地又出现在兰英面前。

“昨晚住着舒适吧？”女人眼睛一亮，向旁边三位背包的老人热情打招呼。

“挺好的，比较安静！”背包的老妇人说。

“看，俺不骗你吧！他们昨晚在我那儿住的。”女人热情说。

背包的老妇人淡淡一笑，没回话。兰英察觉到她的眼里深含着一种不便表达的意思。

“这闺女多热情！咋不相信人家呢？就住那儿！”兰英妈一旁武断说。

兰英看妈特别生气的样子，只好无奈地点点头，跟着那女人走。

女人的脸立刻绽开一朵花：“还是大娘好，人实诚，这世上还是好人多！要相信人吗！”

女人左弯右拐进了小区。兰英跟在后面环视，周围小旅店比比皆是。由昏暗的楼梯上了三楼，打开两个房间。兰英一看就皱了眉头，太陈旧了，除了一台旧电视，再无其他，卫生间还是公用的，刚想说不住了。

兰英妈却说：“就住这儿，俺腿疼，不想走了。”兰英不敢惹老妈生气，只好委曲求全。安排好住宿，先带着二老坐游船，晚上揣着老大的不情愿将就住了一夜。

第二天一大早，兰英带着二老去快餐店吃了早餐，然后退房准备去公园转转。

“你们这是要出去玩？出了楼口一转弯就有一家超市，价钱便宜，可以买个吃的用品啥的。”那女人满脸热情横在门口。

“这闺女多好！热心肠，咱去超市买点吃的带着。”兰英妈说。

兰英心想，自家生意能不热情吗？吃的哪儿都有，为何偏去那里买，可没敢拒绝。

进了超市，兰英妈选了一些吃的。结账时，兰英从钱包里拿出五十元钱递给收银员。

收银员是个年轻时髦的小伙子，他拿到那五十元看了一眼，笑着对兰英说：“大姐，这钱咋掉了一个角呢？你找找看，是不是掉你钱包里了？找出来还能用的，否则就可惜了。”

奇怪啊，这钱是吃早餐时，那个老板给找的，当时没记得掉角啊！兰英站在那儿挠挠头，心里狐疑。

小伙子又热情地说：“大姐，你拿出钱包再找找，说不定是不小心碰掉的！”

兰英一想也是，拿出钱包换了一张完好的五十元递给小伙子，小伙子立马给找回二十元。兰英又拿出钱包里的两千元钱，认真反复检查了三遍，就是没发现有五十元的那张钱角。

小伙子一旁急切地说：“大姐，俺看见那个钱角了！就在你那些钱里夹着呢！不信你拿来俺帮你找。”

兰英妈说：“还是小伙子眼神好，你就让他帮着看看，到底在哪儿！”

“钱包里没有！都检查好几遍了！他咋就能看见，神眼啊！”兰英带着怒气说，心想说不定又是一个骗局。

“你这孩子，人家好心帮你，还来脾气了，钱角总不能自己飞了吧。”兰英妈训斥女儿说。

兰英最怕妈生气，极不情愿地把钱拿出来。小伙子伸手过来就用力拽：“大姐，钱角就在这里面夹着，你咋不让看呢！”

兰英两只手紧紧攥着那两千元钱，“这不看见了吗！如果有，早该掉下来了，不用你看！”兰英使劲儿抖了几下手里的钱，态度很生硬，然后收起钱放好，气鼓鼓地跑出了超市。

“不用就不用，咋能对人家这种态度！多好的小伙子，那么热心帮你。现在这人都咋了？咋把别人都想得那么坏！”兰英妈跟在后边责怪说。

“万一要是一个骗局呢？如果他拿过去给掉了包，换几张假币，咱们还能回去家吗？”兰英仍然不服气地说。

爸妈都使劲儿摇头说：“不可能，多好的小伙子，骗你干吗！可也蹊跷，钱角到底掉哪儿去了？”

兰英没作声，向前走了几步。一回头看见不远处超市门口，那女人和小伙子正朝着自己的方向追来。

兰英心里合计：那女人和小伙计到底是啥关系？那张钱角自己飞了不成？还是他做了手脚？他们追来要干啥？一定与那张钱角有关系！不会借机会抢钱吧！先躲起来吧！兰英越想越害怕，拽着爹妈就进了旁边的手机维修部。

进了店里，兰英借口买一个充电器，可眼前的一幕让英子惊了一身冷汗。柜台上方的电视正在播放法制节目，一位记者讲了自己被超市收银员骗钱的经过，也是钱币掉了一角。

兰英看完，手心都冒汗，转身对妈说：“你看吧！骗局！果然是骗子！”话还没说完，英子看见那女人和小伙子已经堵在门口。

“眼看着你们在前面，咋一转眼就不见了，好歹找到你们！”那女人说。

兰英愣住了，刚想躲开，小伙子满脸微笑说：“大姐，给你钱角！钱角找到了！掉柜台下面了！”

快递家书

中秋节那天，鸿飞坐在桌前，眼睛盯着老父亲的照片，手指夹着一根即将燃尽的烟蒂，狠命吸了几口，火光一闪，烫了他一个激灵，方从记忆里清醒。烟雾包围了他，连咳几声，眼角呛出一滴眼泪。

他伸手将桌上的相框又拖近了几寸，老父亲在相册里冲着自己微笑，眼神里充满了亲切，满脸的皱纹堆满了慈祥。

鸿飞突然记起了什么，起身拎过一个袋子，将水果、馒头，连同烟酒摆到桌子上。

爹，过节了，儿子给您倒一杯酒，咱爷俩痛快喝一杯。鸿飞倒好了酒，哑着嗓子自语。屋内除了时钟的声音，一切静悄悄的。

鸿飞先给老父亲敬了酒，自己连喝三杯，然后蜷在椅子里，昏昏欲睡。

突然手机在桌子上猛力震动起来，随着音乐铃响起，鸿飞清醒过来，对着电话喊：“大过节的，能不能让人安生！”

对方愣了一下：“您是王鸿飞先生吧，我是圆通公司的快递员，有您的一件快递，麻烦您下楼签收一下。”

鸿飞呆愣了：自己也没网上购物，是不是搞错了。

他赶紧下楼，快递员递过来一个纸袋，上面果然写着自己的地址和名字。鸿飞只好挥笔签字，快步回到楼内，迫不及待地打开纸袋。

里面是一封没有地址和邮编的书信。信封上赫然写着“吾儿王鸿飞签收”。

鸿飞当时脸都白了，绝对不可能！老父亲是地地道道的农民，一辈子与泥土打交道，总共不识几个大字！再说，已经过世两个月了，怎么会写信？

鸿飞颤抖着双手打开了那封信。

鸿飞吾儿：

当你打开这封家书时，爹已身处九泉之下了。即使咱父子阴阳两隔，也割不断这份沉甸甸的亲情。

记得你小时候，一次发高烧，村医用了药，你仍然一天昏迷不醒。山沟里不通车，我和你母亲担心烧成肺炎，连夜爬山越岭，走了三十里路，才乘车到了县城。两天后，你终于退热了，我和你娘都哭了。

长大后，送你上学，看着你一点点长大，直到考上了大学。我和你娘在泥土里刨食，汗珠子摔成了八瓣，但一点儿都不觉着苦，因为你是咱村唯一的大学生，爹和娘因你自豪。

后来你毕业分配，结婚生子了，你们兄妹像小鸟一样，一个个从我们身边飞走了。卸下肩上的重任，我们也就老了。我们不想拖累你们，只希望你们好好过日子。

还记得吧，去年秋天，我乘车去县城里卖蘑菇。蹲了一天，卖了一百元，却被我掏衣兜时弄丢了。兜里只剩二十元钱，回家已经没有车了。我看着自己一身脏乱的衣服，怕儿媳嫌弃，只是往你家的方向看了几眼，便找了一家小旅馆住了一夜，第二天饿着肚子赶回了家。后来你知道了这件事，冲我发了一顿脾气，说我太见外。

你妹妹见你娘快七十岁了，洗不动衣服，出钱要买洗衣机。我把钱给了你，让你替我们买，你妻子为这事和你闹翻了脸。你是孝顺的儿子，硬着头皮买回来，结果和媳妇分居了一个月。

爹清楚你的处境，不想给你添麻烦！儿啊，我走后，最不放心的就是你娘。你娘一把屎一把尿把你拉扯大，真的不容易，我不想丢下她一个人，孤零零地守在老房子里。所以才写信嘱托你，一定要照顾好你娘，不要寒了你娘的心。

这封信，是我托付你三叔帮着写的。照顾好你娘，爹便能含笑九泉了，愿吾儿幸福。

鸿飞读完父亲的家书，早已泪流满面。他知道自己愧对母亲，跪在父亲的遗像前说，爹，儿子知错了，明天就去乡下接娘！

鸿飞正流着泪，门开了。

“爸，我和妈妈去把奶奶接来了！”九岁的儿子雀跃着，一步跳进来。妻子搀着母亲随后进了屋。

鸿飞站起身，陌生地看着妻子。妻子红着脸说：“中秋节了，今晚的月亮可真圆！”

鸿飞握着父亲的家书，扭头去看窗外，一轮圆月果然挂在树梢，仿佛冲着他微笑。

收 费

玉米苗半尺高时，河湾村遭遇了一场干旱。一个多月没下雨，稻田干得能冒烟，迫切地等待翻耕。

赵四手里捏着一个账本，来到村东头的刘二家。

刘二挑了一担水，呼哧呼哧晃晃悠悠地回来。

赵四打了招呼感叹：“我家里也没水，遇上干旱，吃水都难。”

刘二弯下腰，从扁担底下钻出来：“人吃的水都快没了，有水时不珍惜，没水时犯难！”

赵四苦笑了一下：“好在附近还有江水，稻田急着等翻耕，真怕误了插秧。村长让先收钱，然后才能抽水灌田。这不，我得了这个苦差事，挨家挨户地动员。”

“一亩稻田电费是多少？不会翻倍涨了吧！”

赵四抖了一抖账本说：“哪能翻倍，不过，今年干旱，水泵抽水太费电，加上人工和管理费，往年一亩一百，今年涨到一百二。”

“一百二？十亩水田就是一千二！小户人家，不更是雪上加霜了吗？

干旱年头，电费又涨！开春用钱太多，种子、化肥、孩子上大学、家用……我暂时手里没钱。”刘二挠了挠头，好半天，呼出一口气。

赵四从裤兜里摸出一盒烟，递给刘二一根，自己点燃一根，狠命地吸了一口，连咳了两声：“这事还真不好办！村长发话，收不上钱，不给抽水！”

“这话是村长说的？我家手头紧，没钱，村长能看着不管？”刘二媳妇翠花听见两人的对话，亮起了一贯的大嗓门。

“村长说了，不交钱，电费没人管，不能抽水！”

“你回头跟村长说说，能不能先替我垫付？等粮食卖了，再交钱。”刘二一面央求赵四，一面回头斥责媳妇，“老娘们懂得什么，要你来多话。”

“村长早料到了，一再叮嘱，村里的钱比脸蛋还干净，谁也不给垫付。”

“村里会没钱？鬼才信！你转告他，刘二拿不出钱，让他来找我要！”翠花是急脾气，扯开嗓子嚷。

左邻右舍听到吵闹声，都围过来看热闹。

“嫂子，你没钱，也别冲着我喊，我就是一个跑差的。”赵四也有些上火，挨家挨户动员，嘴皮都快磨破了，都说没钱。

“按理说，村民应该交钱，可是粮食都屯在仓子里，到现在都没卖出去，心里着急，也没办法啊。”前屋的李大爷不紧不慢地说。

“村里没钱？村长还请人吃饭！前几天，我赶巧在县城里碰见的，领着三四个人进了星宇饭店。还有一个女的，穿得像狐狸精似的。”后屋的亮子说。

“村长有能耐，谁管得着！”翠花撇着嘴，特意拉长语调说，大伙听了，都哄笑起来。

“不交钱！不交钱！手里没钱！让村长想办法吧！”大家围着赵四七嘴八舌，好像赵四就是村长。

赵四撞了一鼻子灰，出了满额头的汗，只好拎着账本慢腾腾地走了。

七天后，太阳毒辣辣的，天空像个大烤箱，闷得人透不过气来。

刘二和翠花在家里正犯愁，粮食卖不出去，稻田灌不进水，这不等着秋天闹粮荒吗？可村长收不上钱，一定气得不管了。

向外一看，赵四又拎着账本进来了。

“又来收钱了？出去吧，没钱！”翠花没好气地说。

赵四看着刘二两口子愁眉苦脸的样子，扑哧一下乐了。问道：“你家多少亩稻田？”刘二说：“十亩。”赵四拿起笔记下，刘二家，抽水电费一千。

刘二凑过来诧异地问：“村长答应垫钱了？钱数也不对，怎么少记二百？”

赵四拍了拍刘二的肩膀说：“村长自己出钱给每户二百！”

“啥？村长给的！”

“别问了，赶紧准备吧，明天十几辆大车来咱村收购粮食！村长去城里请吃饭是给咱们联系卖粮食，我也赶紧回家。”

赵四走到门口，忽然记起了什么，回头喊：“今晚水泵开工，给稻田灌水！”

刘二和翠花以为自己听错了，愣在那里半天才缓过神来。

两天后，河湾村的粮食都卖了，稻田的水满了。老天的气也顺了，竟然破天荒降了一场大雨，天空洗得蓝亮亮的。

赵四家一大早就挤满了人，个个脸上都挂着笑容，全是来交钱的村民。

赶时髦

小涵掀开被子，睁开睡意蒙胧的眼睛，找到自己的那条牛仔裤时，惊叫了一声：“姥姥，我的裤子咋变成这样了？”

韩大娘端了一碗刚煮好的馄饨放到餐桌上，正准备进卧室喊小涵，被她的惊叫声吓了一跳，连忙跑进来说：“我的小祖宗，一惊一乍的，出了啥事？”

韩大娘刚从农村被女儿接进城里没几天，女儿便因公事出差，照顾小涵的事她只好承包了。

“姥姥，我的裤子，是不是您给缝上了？”小涵两只手拽着裤腿处，三处又长又细密的针脚，让她心疼得直想落泪。

“是我给缝上的，瞅瞅你，这么大的姑娘了，膝盖上破了好几个洞，咋出门见人？我只给你缝了几处，那上面啰里啰唆的穗子就不剪了。”韩大娘不大高兴，顺口数落了小涵几句。

小涵带着哭腔说：“姥姥啊，这条裤子是我昨天新买的，那叫时髦，要是没窟窿，我还不买了呢。您给缝上了，我可咋穿？让同学看见，还不笑话死了。”

韩大娘听了小涵的话愣了半天，摇了摇头说：“我一片好心，戴着老花镜费了半天劲给你缝上了，咋还穿不出去了呢？这世道，姥姥算是看不懂了！”

小涵看了看姥姥说：“算了吧，我拿剪子剪开，等再让妈给我买一条新的。”

韩大娘打心眼里看不惯，不满地说：“你这孩子太拧了，爱咋穿咋穿吧，赶紧起床吃饭，这都几点了！”

小涵拿来剪刀将姥姥缝好的针脚一点点剪断，噘着嘴穿上了衣服，又洗漱一番，才走到厨房的餐桌前。她看了看眼前那一碗冒着油花的馄饨，一点儿胃口也没有，随手掏出手机，打开酷狗音乐，点开一首流行的歌，伴着节奏扭着腰说：“姥姥，早餐我不吃了，我想出去吃炸鸡三明治和薯条。”

韩大娘听见那哼哼呀呀震耳的歌，终于忍不住发怒了：“你这孩子，家里的早餐又营养又卫生，你干吗非要出去吃！啥叫三明治？那东西也能吃！”

小涵冲着姥姥伸出了舌头，扮了一个鬼脸说：“说了您也不懂，反正又不花您的钱，我和同学一起去吃，您就别操心了。”小涵说完转身就跑出去了。

韩大娘张了张嘴，还没等说出话，小涵已经没了踪影。

韩大娘气得没吃饭，坐在沙发上生闷气，心想：现在的孩子，越来越没规矩了，衣服穿露肉的，还吃啥三明治。再说，这孩子周末都听那啥歌，整天爱呀爱的，像掉了牙似的，还能学好吗？这都成啥事了。

韩大娘正想着，手机铃声响了，她这才缓过神来按了接听键问：“你找谁啊，大早晨就打电话来。”

对方说：“韩姐，咱们是邻居啊！才几天你就把我忘了，我是楼下教你跳广场舞的小张。”

韩大娘红着脸说：“哎哟！是妹子啊，俺只学了小半天，动作也记不住，所以这两天也没去。”

对方说：“韩姐，今天有时间过来学吧。我今早给孙子做好了早餐，他愣是一口也不肯吃，说是要找你外孙女小涵出去吃三明治。我数落他几句，他竟然说，跟我有那啥，对，代沟！还说我多管闲事，我都快被他气哭了！”

“妹子啊，看样子咱们是老了，记得咱年轻那会儿，穿正装，甭提有多精神了！现在的孩子，都娇生惯养的，管不了就别管了，咱姐俩差不多是一样的遭遇。”韩大娘安慰对方说。

两个人随后又唠了几句家常嗑，才挂了电话。

韩大娘吃过早饭，沉思了好一会儿，拿起了手机，熟练按下几位数字，她对着手机那边说：“你赶紧回家吧，小涵这孩子逆天了，妈可不想看着她学坏！”

电话那端喊了一声：“妈——”还没等女儿说完，韩大娘已经关掉了手机。

韩大娘又忙了一阵家务，觉着楼里憋闷得慌，连个说话的人都找不到。她长长叹了一口气，转身去换了一身女儿送她的健身的衣服。

韩大娘对着镜子做了几个笨拙的动作，脸腾地红了，然后自语道：“我可不想憋闷死，也跟着时髦一把，去公园学跳广场舞去。”

过了一把嘴瘾

人要是不顺，喝口凉水都塞牙。昨天下班时，车子不知被谁给拦腰划了一条长长的口子，今早又出不去了。上班前，我坐在车里，一边抱怨一边使劲按喇叭。

小区车库门右边横着一辆白色轿车，里边没人，任凭我一声接一声铆足劲摁喇叭，也没人理我。

这吵人的喇叭，倒是惊动了小区里的几位大爷。他们见我着急上班，便一起过来帮忙。指挥的，喊号的，打手势的，可别说，在他们的帮助下，我的车子缓缓挤了出来。

我下了车，跟这几位大爷道谢，并抱怨说："停车的这人太没素质！停车再难，咋也不能停在我家车库门口呀。"

几位大爷应和说："这车主不懂规矩，好在撞见了你，别跟这号人一般见识。"

我立刻来了精神，指着那车说："这车如果明天还停在这里，小心毁容了。"

我说完便吹起了口哨，上车扬长而去。昨晚和今早憋了一肚子气，总算说了一句狠话，过了一把嘴瘾。

下班回来后，车库旁没看见那辆白色轿车，心中窃喜，车主一定是被我那句狠话吓跑了。

第二天早晨，我吹着口哨下楼，见那辆白色轿车又横在车库前。我暗自恼火，气冲冲走过去，还没等开口，车主带着两个人下了车，并且围住了我，指着轿车上的一条长长的划痕，气哼哼地质问："好小子，你竟敢划我的车！掏钱吧！"

"我当时就懵了！谁说是我划你的车？证据呢？"

车主说："还要啥证据，小区的几位大爷就能给证实。"

我气得涨红了脸，辩解道："我昨天只是过了一把嘴瘾！"

车主掐着腰说："别抵赖了，你昨天的话就是证据！"

我气得暴跳如雷说："你们简直是污蔑！"

我当时真是比窦娥还冤，浑身是嘴也说不清了。

我和车主僵持了两个钟头，调出小区录像也没找到人，真是活见鬼了。

最终我还是妥协了，再耽误半天班，单位也要扣钱，只好掏出两千元钱私了，那车主才算放过我。

一个月后，小区又连续出现了几起划车事件，在警察的帮助下，终于抓到了划车人，竟然是那个车主雇的人。

真相大白后，吃一堑长一智，我再也不敢在公共场合随便过嘴瘾了。

斤斤计较

一、二、三……十一，不多不少，正好十一个。迟大娘蹲坐在小市场地摊的一角，眼睛盯着鞋盒里十一个鹅蛋，宝贝似的横竖数了三遍。

“鹅蛋怎么卖？”一位衣着时髦的中年女人走过来问。

“一个四块！”迟大娘摩挲着长满老茧的双手回答。

中年女人摇了摇头说：“太贵了，别人都卖三块五。”

“不贵，自家大白鹅下的蛋，个儿大，不信你比一比。”迟大娘的话音急促。

“三块五，卖了吧！”中年女人弯下身子砍价。

“不卖，就四块！三块五在乡下就卖了，俺何必骑车跑三十里。”迟大娘看了看倚在墙角的那辆满是灰尘的摩托车说。

“乡下人就是斤斤计较，五毛钱都不让！”中年女人收起笑容，冷着一张高傲的脸转身走了。

迟大娘听到挖苦也没争辩，一只手遮住午后热辣的阳光。低头又看鹅蛋旁的几根老黄瓜和几斤豆角，盘算着能卖多少钱。

一对老夫妻走过来问，豆角怎么卖？

“豆角两块五，老黄瓜三块，鹅蛋四块。”迟大娘一口气报价。

“早市批发豆角一块五，你却卖两块五。”男的说。

迟大娘红着脸说：“老哥，不是俺计较，一块五真不能卖。”

老夫妻一起摇头说：“太贵了。”

“市场价都这样。”迟大娘话音刚落，手机铃声响了。她站起身，从衣兜里费力掏出手机，转身接了电话。

只听电话那头喊：“奶奶，我饿了，我想吃蛋糕，也想爸妈！”

“海生啊，锅里有热饭热菜。别想你爸妈，都扔下你八年了，奶奶照样供你上学。等俺卖了菜，回头给你买蛋糕和水果，今天你生日，咱俩过。”迟大娘说完，伸手抹了一把眼角的泪花。

“大妹子你真不容易，我们老两口也单过，儿女都在外地。”老夫妻苦笑着说。

迟大娘愣了一会儿，赶忙说：“你们比俺老婆子还孤单啊，豆角一块五卖给你们吧。”

老夫妻连连摆手说：“不能让孩子受委屈，你的菜按原价，我们全包了。”

酒客老高

老高是小镇里出了名的酒客，出名不是因他能喝，而是他喝酒特殊，晚饭后必踱到商店喝一盅酒，相当于九钱，多一钱不可，少一钱更不可。

老高的身材瘦削，鼻梁上架一副深度眼镜，看东西时要弯下身子，将头用力低下，跟物体保持寸把远的距离。

那些喜欢跟他开玩笑的人，每次见他这模样，先是站在一旁乐，然后上前拍他的肩乐，再乐得前仰后合，口里喊着："高眼镜！能看清吗？等我送你一副眼镜吧！"打那以后，"高眼镜"的雅号就在小镇上传开了，人们甚至忘记了他的本名。

老高是镇上梁家商店的老主顾。每天晚饭后半小时，他便穿戴整齐，一路哼着小曲，踱进梁家商店里，随手关上门，四下里看几眼。店里有一桌搓麻将的人，一人见老高进来，笑着喊："老高！又来买酒了！捎带买给我一盅酒，行不？"叼烟卷儿的麻客们随后哄笑起来，将麻将搓得稀里哗啦一阵响。

老高冲着他们微笑着点点头，并不回话，从衣兜里掏出一只半透明的小酒盅。眯起了眼睛，对着酒盅用力吹两口气，算是消毒了，再用两只手抹两圈儿，算是洗净了，然后靠着柜台向里间屋喊：“梁老板！来一盅酒！”

梁老板正在里间吃饭，听见喊声，知道是老高，叹一口气，摇一摇头，连忙应声：“来了！来了！能吃酒的瞎家雀，误你啥事情了？”然后放下碗筷，三两步跑出来。

老高将酒盅递过去，瞪圆了眼睛，盯着梁老板打酒。梁老板拿起酒提子，去酒桶里舀出一些酒，找好了角度，缓缓注入酒盅。别小瞧了这位梁老板，拿酒提子往九钱的酒盅里倒酒，绝对是技术活儿，不能太快，太快容易溢出酒杯，白白糟蹋了酒，也不能太慢，太慢了手会抖，酒还会溢出。梁老板边倒酒边自诩着：“这小酒盅，没有俺倒酒的手艺是摆不平的。”

一位麻客跟着说：“梁老板，你那手艺是偷学了人家卖油翁的，老高，咱明天换一个酒盅，三钱的，看梁老板的手艺还好使不？”说完几个人又一起哄笑起来，笑声在满屋子的烟气里无规则地荡着。

老高不接话茬，见酒盅满了，伸手稳稳当当接过来，低头凑过去，轻轻啜一口，再吧嗒吧嗒嘴，自语道：“好酒啊好酒，饭后一口酒，活到九十九。”

梁老板一旁“切”了一声，随后说：“就你那尖嘴猴腮的模样，还想活到九十九？”

“说不定能活到一百九十九呢，终究成了活王八了，哈哈哈！”一麻客抢过话笑骂，又引起大伙儿说笑了一阵子。

老高的脸红一阵子白一阵子，心里骂道：直娘贼！嘴唇动了动，没有声音，将满肚子的怒火强压下去。他斯文地一抬手，敲了敲柜台，对着梁老板说，有酒没菜不行，再来一袋花生米！

梁老板撇撇嘴从柜台下面摸出一小袋花生，随手扔给老高。

老高拿过来撕开封口，倒出两三粒来，手心向上一扬，花生米抛过头顶画了一道弧线。老高迅速地张开嘴，一仰头接住了，用力嚼了几口，嘎巴嘎巴响，又啜了一口酒，再吧嗒吧嗒嘴，露出惬意的样子。

“老高，听说你会唱大鼓书，来一段！我们不跟你讨酒喝。”又一麻客嚷着。

老高不作声，又啜下一小口酒，伸开五个手指头，有节奏地敲打着玻璃柜台，开口唱了一段儿二人转小调《绣八仙》，咿咿呀呀地唱。

“不好听，唱一段大鼓书吧！”又一个麻客喊。

老高又抿下一小口酒，亮开嗓子唱一段《武松打虎》，词句断断续续的。

“别唱了，你要是靠唱戏赚钱，说不定早将观众吓跑了。”另一个麻客提高嗓门笑着说。其余几个又一阵哄笑，很快淹没到搓麻将的噪音里。

老高瞥了他们一眼，一脸的不屑，也不答话，仰头啜下最后一口酒，再吃下几粒花生米，将小酒盅甩了甩，小心揣进衣兜里，低头扯平了衣角，这才叫来梁老板。

“老规矩，记，记账吧！”老高压低声音，将满是酒气的嘴贴到梁老板的耳边说。

“三天之内清账！不，明天清账！”梁老板生气地喊，脸色涨得发紫。

“一定，一定！”老高连连保证，晃悠悠地踱出了商店。

几个麻客望着他的背影，拖长了声音喊：“高眼镜——慢走！别跌倒了！”接着又一阵子哄笑。

妈没唠叨

闹铃声将我吵醒，时钟已指向了六点。见雅琪房间的灯亮了，我慌忙跑过去问：“收拾好没？”

雅琪指着地板上敞开的行李箱说：“差不多了，一会儿就好。”

我扫视了一下她的房间问：“身份证带没？”

她说：“带了。”

“银行卡放好没？”

她说：“放好了。”

“出租屋的钥匙带没？”

她把行李箱上了锁，看了我一眼说：“带了。”

“衣物和化妆品落下没？”

她叹了一口气说：“没落下。”

我突然发现她的书桌上有一串淡黄色的手链，便说：“没落下手链咋没带？”

她又叹了一口气说：“我不喜欢这个手链，放家里吧。”

我说："那你再检查一下，千万别落下啥，我去做点吃的。"

半小时后，我又进屋喊她："出来吃点吧，一会儿车上别饿着。"

她倒了半杯热水，坐到餐桌前吃了几口，就放下筷子说："我吃不下。"

我无奈地说："那进屋吧。"

她把行李箱拉到客厅里，坐在沙发上等时间，眼睛盯在手机屏幕上。

我简单收拾了一下，坐到她旁边，搂过她的肩说："你这次走，至少也得大半年回来，妈真有些不舍呢！"

她点头说："如果找到实习的公司了，暑假也不能回来。"

我一阵酸涩，跑去拿来一袋饼干和一瓶水说："带上吧，路上别饿着。"

她摇摇头说："我坐车不吃零食。"

我看了看时间说："那我送你去车站吧。"

她看了看我说："外面挺冷，您还是别去了。"

我坚持说："冷点不怕，咱打车去车站。"

她无奈，点点头说："那好吧。"

到了车站，我发现她的鞋上有两个泥点，连忙说："鞋子脏了，擦擦吧。"

她低头看了看，拿出纸巾擦掉了。

我想想又说："你身上的钱够不？"

她说："足够了，一般都刷卡，也用不上现金。"

我说："那可不行，用卡不方便，掏出几百元钱强行塞到她的衣兜里。"

她又叹了一口气说："好吧，求您别再唠叨了。"

我愣住了，想了一下：我唠叨了吗？没有啊！

过了检票口，我站在栏杆外喊："看好行李箱，路上照顾好自己。"

她笑着说："妈，我记住了，您回去吧。"

我望着她上车的背影，眼睛还是湿润了。回到家里，才发现整个房间太静了，空落落的。

突然间我的手机铃声响了，我打开看了一眼，是母亲打来的。

我问母亲："妈，您的腿好些没？"

妈说："好了！好了！比以前好多了。"

我接着问："那爸的病好些没？"

妈说："吃了你们买回来的药，现在好多了，老年病，不用总挂心。"

我长长舒出一口气说："那就好，那我就放心了。"

妈问："雅琪上学走了吗？"

我含着眼泪说："上学了，我刚送站回来。"

妈停了一下又问："你穿多大码的鞋？"

我愣了一下说："妈，您问这干啥？"

妈说："我一个人在家闲不住，给你们几个孩子做拖鞋。"

我说："妈，您可别受那份累了，买一双拖鞋才多少钱啊！再说，您老要是累坏了眼睛可咋整，还是歇着吧。"

妈说："那点活不累，家里还有山野菜吃吗？那个没农药，吃着放心。"

我连忙说："还有很多呢！"

妈又问："酸汤子面还有没？"

我说："有，还没吃完呢。"

妈又问："土豆白菜还有没？"

我刚想说还有，想了一想，家里没有，便说："那个也不总吃，想吃买点就够了。"

妈又问："那蘑菇没了吧？"

我叹了一口气说："还有不少呢！您老就别挂着我们了。"

妈说："这几天天冷，别忘了多穿点啊？"

我愣了一下说："妈，您和爸照顾好自己就行，别唠叨了啊！"

妈那边顿了顿，不大高兴地说：“妈就是问问，也没唠叨啥啊！”

妈的话让我的心痛了一下，我突然间想到了雅琪，想到她也嫌我唠叨，连忙跟妈解释说：“妈，其实我没说您唠叨，您别介意啊！”

妈那边笑了，又说：“你有时间就回家看看啊！”

我含着眼泪说：“好，妈，我记住了！”

挂了电话，我还在琢磨女儿的话，不服气地想，其实，妈也没唠叨啥啊！

买 座

雨天，公交车站旁，一辆私家车飞驰而过，飞溅的泥水打湿了路旁等车的一位老人。

“哎呀！就不能慢点开！多危险！”老人喊了一句，放下手里的提兜，弯腰整理被打湿的裤子和布鞋。

旁边的中年人说：“现在的人，都太自私了，不替别人考虑。”

公交车来了，老人合上雨伞，半佝偻着身子跟着其余人挤上了车。

“老人家，您站稳了，地面滑。”坐在门口的乘务员提醒着她。

老人抬头瞧了瞧，与座位上一位时髦青年的目光相撞，那青年赶紧把目光收了回去，盯着手里的手机看。她又环视了一圈，满车的人，没有空座。

“人真多，我握着竖杆扶手吧。”老人显然有些失望。

“老人家，坐我这儿吧！”乘务员见状，赶紧站起身。

“我坐着，你不就受累了。”老人有些犹豫。

“我年轻，您坐吧。”乘务员伸手将老人扶到自己的座位上。

老人坐下，从衣兜里掏出两元钱递给乘务员。

乘务员没接，笑着说：“老人家，大雨天也出门啊？这次不收您的钱。”

“去医院给老伴送饭，他一辈子吃惯了俺做的饭，孩子又离得远，没办法！”老人感叹了几句，又将手里的钱塞给乘务员。

“大娘，这次不收您的钱！”乘务员伸手推了回来。

“乘车买票，天经地义的事儿，咋不要俺的钱？何况你把座位都让给俺了！”老人有些不高兴。

“老人家，您老忘记了，每次乘车您都多给一块钱，这钱坚决不能收了。”乘务员笑着说。

“傻孩子，原来是这事啊！俺坐车有一个原则，不管谁给俺让座，俺都要奖给他一块钱。钱不多，可那是俺的心意。不收下，就是瞧不起俺！”老人又把钱塞给乘务员。

“我年轻，让座是天经地义的事，这不能给钱！”乘务员坚持自己的观点，又推了回来。

“切，一块钱，扔在地上都没人捡！”玩手机的年轻人嘴角露出几丝蔑视。

“买座位？新鲜事。”一位中年人笑着说。

乘客看到这一幕，都冲着老人笑。

“满车的人就你给俺让座，给你钱，俺心里舒坦！你不收，下次让座俺也不坐了。”这一次，老人把钱塞进乘务员的钱夹里。

“收这钱，不合乎公司规定，坚决不行。”乘务员红着脸又送回来。老人接过钱，脸色很凝重。

车停了，老人佝偻着身子笨重地下了车。就在车门要关上的一刹那，老人把手里的两元钱又塞进车里，对着乘务员喊了一句：“好孩子，买座的钱，你必须收下！”

满车的人望着老人的背影，在雨中越走越远。这一次，谁都没笑出来。

门　锁

张婶和李婶两家住四楼对门，经常一起出去跳广场舞，一起买个菜啥的。张婶一个人过，两个女儿虽说离得不远，但都各自忙工作和生意，每周过来看一两次，张婶还是觉着很孤单，闲着没事就去找李婶聊天。

中秋节这天，张婶的俩女儿先后打来电话，一个说忙生意，一个说陪外地同学出去玩了。张婶不大高兴，但还是给自己做了几个菜，一个人吃得没着没落的，收拾了碗筷，推开门往门口放垃圾袋，正巧碰上刚出屋的李婶。

张婶跟李婶热情打了一声招呼，各自倚着门，站在楼道里便聊上了。聊了几句后，李婶说："站着说话太累，到我家来坐会吧。"

那好，我在家连一个说话的人都没有。张婶说着便向前挪了两步，只听房门"咣当"一声关上了。

张婶回头见房门上了锁，摸了摸衣兜，喊了一嗓子："坏了，钥匙锁屋里了！"

李婶赶忙安慰她说："这不算事儿，给你女儿打一个电话，让她们来给开门。”

张婶没吭声，眼睛直直地盯着门锁，突然拍着大腿哭喊：“起火了！起火了！大家快来救火啊！”

李婶被张婶的哭喊吓蒙了，赶忙扶起她问：“他婶子，你别急，咋突然说起火了呢？”

“我拾掇完饭桌，便扭开电炉子，想烧一壶水喝，可我只装了半壶水，现在估计快烧干了，我又进不去，那不就得起火啊！”张婶说完又拍着大腿哭。

楼道里的十几户人家，听见有人喊救火，很快都围了过来。李婶说了大致经过，大家都急得直跺脚。这个说：“快打报警电话，再晚一会儿，恐怕就烧差不多了。”那个说：“找开锁公司吧，打电话比报警快，门上有广告。”李婶掏出手机递给张婶说：“还是先给你俩女儿打电话。”

张婶哆嗦着双手接过手机，哭着给俩女儿分别打了电话，小女儿那边没信号，打不通。大女儿说：“我在外地，赶回去也来不及了，赶紧报火警。”

一位邻居见状，掏出手机便拨打了119，另一位邻居打电话找了开锁公司。十几分钟后，一辆救火车“呜哇呜哇”叫着，很快进了小区。两名消防员问明白了原因，决定从李婶家窗户跳进张婶家救火。他们进了李婶家，发现张婶家窗外安了不锈钢的防护栏，需要锯开两道栏杆，才能钻进去。

一名消防员系上了安全带，贴近张婶家厨房外的栏杆向里望，见厨房里没有一丝烟气和火光，一颗悬着的心放了下来。他回到楼道里时，开锁公司的人也来了。这位消防员说：“大娘，厨房里没起火，您老就别着急了，让开锁公司的人把门撬开吧。”

张婶听了消防员的话，拍拍脑门说：“不可能，我清楚记得接了半壶水放在电炉子上，难道出鬼了？”

开锁公司的人没用几分钟，便将张婶家的房门撬开了。大家先后进了厨房，见电炉子上果然放着半壶水，只是电炉子没打开。

张婶去摸摸那半壶水，凉冰冰的，又摸摸狂跳不已的胸口，苦笑了一下说："人老了，这记忆越来越差了！对不起大家，让你们跟着受惊了！"

邻居们都松下一口气说："没关系，虚惊一场，没事就好！"然后各自散去了。

李婶拍拍张婶的肩说："老姐姐啊，这就叫健忘症，没事就是大喜。咱们都老了，除了多锻炼，没有好办法！儿女们都忙，也不能天天守在咱们身边。"

张婶擦了眼泪说："不服老不行了，一会儿咱姐俩还去跳广场舞，再不锻炼还不得患上老年痴呆啊！"

李婶说："那好，我拾掇一下，咱们就走。"

张婶坐在沙发上，缓了好一会儿，才起身去卫生间洗了毛巾，擦了脸，感觉舒服了许多。

李婶来敲门，张婶换了一身广场舞的服装，认定揣上了钥匙，才放心出门。

两个多小时后，张婶的大女儿急匆匆赶了回来。等她打开房门时，一下子就惊呆了，整个地面都是水，足有半尺深。她惊呼了一声："我的老妈啊，这哪儿是起火了，这不是跑水了吗！"

等张婶和李婶跳完广场舞回来时，见邻居们都在帮忙往门外除水。

张婶儿愣了好一会儿，一拍前额说："我走前放水洗脸，咋就忘关水龙头了呢！幸亏我摊上好邻居了！"

秘密钱夹

半夜十二点，田大爷又一次按响了墙壁上的音乐铃。

服务员从睡梦中被惊醒，不耐烦地说：“这明摆着是不让人睡觉啊！”

田大爷今晚这是第三次按铃叫服务员了。

第一次叫来服务员时，他说自己口渴了，四处找不到喝水杯。服务员说：“不可能，白天我还看见了。”她帮忙翻找了一气，确实不见了，只好去拿了一个纸杯，给田大爷倒了水，又聊了几句才回去歇着。

服务员刚睡下，田大爷房间的音乐铃又响了。

服务员不知发生了啥，赶紧披上衣服跑过来问：“您老还需要啥？”

田大爷不高兴地说：“我的电话本咋又不见了？那上面记的，可都是我家人的电话号码，这要是丢了，我想给家里打电话可咋整？”

服务员说：“电话本不可能丢，一定是放哪给忘记了。您看这样行不，您老先休息，明天我帮你找。”

田大爷说：“那不行，找不到电话本我睡不着觉。我必须打一个电话，儿子和孙子有一个月没来了。”

服务员说："就是找到了，这么晚也不能打电话。这样，明早我一定帮您找到电话本，再帮您给家里打电话。"

田大爷说："那行，不过你一定要按我的意思说，就说老爷子身体不大好，说不定哪天就走了，让他们抽空来一趟！"

服务员说："好，等明天吧！"

田大爷说："那、那也中！"

田大爷这些天只有一个心结。他每天吃过午饭，都要到大门口的那条长凳上去坐一会儿，盯着街上来往的车辆看，看累了，干脆就眯上眼睛用耳朵听。田大爷今年七十六，耳不聋眼不花，只是走路离不开一根拐杖。

连坐了两个礼拜，也没见儿孙的影子，田大爷便在心里骂上了："俩王八羔子，这是彻底把我忘了！让我进幸福院，说是享清福来了，可大半年都看不见儿孙，这叫啥幸福！吃了睡，睡了吃，又不是猪！"田大爷这辈子就稀罕孙子，只要孙子来了，叫他几声爷爷，他立刻喜笑颜开，连两条白眉毛都揉进了笑意！

"王八羔子，一个月了，一句'爷爷'也没听见！"

田大爷躺在床上翻来覆去，越想越不是滋味。幸福院不缺吃穿，也有人照顾，可这心里为啥空得慌呢？他又想起老房子，想起那个欢声笑语的家！田大爷突然间想明白了，这幸福院再好，也不是自己的家！于是他坐起身，稀里哗啦忙了一大气，然后半躺到床上，又一次按下了墙上的音乐铃。

服务员再次披了衣服，搓了搓困倦的眼睛，轻轻推开房门问："田大爷，您老还需要啥？"

田大爷连咳了几声说："你明天一定要记得打电话！就说老爷子没钱花了，身体也不大好，想回家看看，赶紧来人接！"

服务员无奈地点头说："田大爷，我记下了，这都半夜了，您老赶快休息吧。”

田大爷说：“你千万别给忘了，我马上睡。”

服务员走后，田大爷反而更清醒了，脑子里全是孙子小时候的身影。记得最清楚的那次，两岁半的孙子，被自己高高举过头顶，跨坐在肩膀上转圈，吓得他两只小手揪住自己的头发，先是嘎嘎地乐，接着就淌下来一股热热的尿来。田大爷独自笑了一会儿，干脆不睡了，好歹熬到了天亮。

田大爷没吃早饭，半闭着眼睛躺在床上，哼哼了一阵子，才喊来服务员说：“赶紧给我那个龟孙子打电话，就说他爷爷的钱包丢了，人也快不行了，快开车来接，这口气或许还能缓过来。”

服务员看看有气无力的田大爷，也不敢说啥，只是问：“田大爷，您钱包真丢了？”

“真丢了！那还有假？不信，你帮我找找。”

服务员很无奈，只好在田大爷的监督下，帮着翻找了一气，还真没看见钱包。

田大爷又哼哼了一阵子说：“快打电话，我恐怕活不过这几天了。”

服务员见状，不敢怠慢，赶紧查找电话号码拨了过去。还不到两个小时，田大爷的儿子和孙子便开车来到了幸福院。

孙子坐在床边问：“爷爷，您这是咋了？最近工作太忙，事情多，也没顾上来看您。”

田大爷睁开眼睛看见孙子，嘴角立刻露出了笑意，转瞬又消失了。田大爷哼哼了几声说：“人老喽！这病说来就来！”

儿子说：“爹，听服务员说，您钱包丢了，这两千块钱您收好，喜欢吃啥就买啥，千万别再丢了。”

田大爷点点头，伸手把钱接过去揣进衣兜里，虚弱地说：“还能买啥？这口气若是一时上不来，老家都回不去，还不成了孤魂野鬼。”

孙子说：“爷爷，看您说的，我现在就开车把您接回家住几天！”

田大爷一听眼睛就亮了，长长吐出一口气，坐起来说：“还是我大孙子好，这口气顺畅多了。”

田大爷被接回家的那几天，服务员打扫房间，从柜子底下发现了田大爷的喝水杯和那个电话本。

一周后，孙子开车又送回了田大爷。服务员见他的气色很好，还有说有笑的。

孙子说：“爷爷，天逐渐冷了，我给您买了双换季的鞋放床底下，到时别忘记换啊！”孙子说着弯腰去床下拽箱子，瞥见一个褐色的钱包贴在床板上，是用宽透明胶缠上去的。

孙子问：“爷爷，您的钱包真丢了？”

田大爷似乎记起了啥，说：“那还有假，丢了！”

孙子笑着说：“爷爷，被您藏到床板上了！不过，您可是真聪明！一般人也想不到啊！”

田大爷窘红了脸，伸手拍了一下孙子的头，轻轻骂了一句：“龟孙子！就你眼尖！”

胖婶的夜

一只、两只、三只……一百只，胖婶努力闭上眼睛，强迫自己数羊，数到一百只，仍然没有睡意。她叹了一口气，翻了一个身，从头再数，接连数了五遍，睡意全无了。

胖婶无奈地睁开眼，房间里黑漆漆的，静得只能听见自己的呼吸。她掀开被子坐起身，太阳穴一跳一跳地疼，针扎一般，仿佛有一股气流膨胀，铆足了劲向头上撞，马上就要炸裂开了。

失眠七天了，会不会猝死？不，不能死！我还要和儿孙们在一起过年，热热闹闹地过，再过两次，不，过五次，也就七十三了。

胖婶想到这儿，嘴角露出一丝微笑，太阳穴又猛跳了几次，笑容便僵住了。她连忙用食指和中指并排按住穴位，顺时针和逆时针交替着按了十几圈，才算忍住了剧痛。胖婶不敢大意了，慌忙打开灯，从床头柜里翻出几粒止疼药和降血压药，拿过来水杯，水杯是空的，便缓慢挪下了床，穿上鞋去接热水。

当她端着一杯热水转身时，眼前突然冒出了几颗金星，脚下一软，身子便失去了重心，右手的水杯瞬间脱落。只听“啪嚓”一声，水杯摔碎在地砖上，热水和碎片顿时四溅了出去。胖婶急忙扶住旁边的椅子，好在没摔倒，等她缓过神来，却感觉右脚背一阵钻心地疼。脱下鞋子一看，脚背上红肿了一块，上面烫出了一个水泡。

胖婶含着眼泪，一瘸一拐回到床边，拿起那几粒药，扔进嘴里，用唾液裹住，闭上眼睛，愣生生咽下去了。胖婶揉着发红的脚背，心里有些懊恼：人老了，太笨！手脚越来越不利索了，难怪儿女坚持把自己送养老院，老废物！成累赘了！

想了一会儿，胖婶看了看手机，已接近半夜了，不能叨扰任何人，只好取来牙膏涂在烫伤处，索性忍痛躺下，关了灯，身心完全陷入了黑暗中。

不知过了多久，一轮圆月从云层里钻出来，悬挂在夜空中，在窗前洒下几缕清辉。胖婶看见月色，一种莫名的孤独感再次袭来，心想：月亮每月还圆一次呢，可自己和儿孙们一年也难圆一次。她此刻多想能有人跟自己说几句话，哪怕只有一句也行。胖婶的眼前晃动着儿孙们的身影，这种想念便无休止地放大了。

胖婶拍了拍憋闷的胸口，突然记起了什么，便又开了灯，起身去抽屉里翻找，从手绢里找到了一张照片。胖婶如获至宝一般，小心翼翼地捧在手心里。

照片是二儿子小强结婚那天，老伴托人给照的一张全家福。胖婶和老伴坐在中间，胖婶怀里抱着三岁的大孙子，后排是两个儿子和儿媳，脸上都洋溢着幸福的笑。身后的背景是三间红瓦房，齐整干净的院落，墙角都种满了花儿。整整十五年了，感觉就像昨天的事。

胖婶儿抚摸着大儿子的脸说：“大龙，快两年没看见你了，也不知胖了还是瘦了，前几天你打电话说在单位提干了，妈高兴得一夜没睡，只要你们小日子过得红火，妈看着就开心。”

她又将手滑到二儿子的脸上："小强啊，妈多半年没看见你了，别没事总跟媳妇较劲，哪个女人都有小脾气，你凡事让着点儿，也就不能吵架了。俗话说家和万事兴，千万别因妈住养老院的事记恨你媳妇，两代人住一起毕竟不容易。"

胖婶儿说到这儿，太阳穴又连跳了几次，疼得她闭上了眼睛。缓了一会儿，她又将手滑到老伴的脸上说："死老头子，你就是一个自私鬼！从我嫁给你那天起，整天跟你省吃俭用，泥里钻雪里爬，风来雨去，就奔一个好日子。好容易盼到两个儿子都大学毕业了，各自在远方的城里安了家，轮到咱们该享清福时，你偏偏就病了。病了也不要紧，还有我在身边，还有一个像样的家。可你太狠心了，不声不响就撇下我走了。"

胖婶儿说不下去了，眼泪一滴接一滴往下掉，有几滴滚落到照片上，她连忙用手擦去，又接着说："咱大孙子读高中了，小孙女读初中，两个儿子也都孝顺。只是我不好，感觉养老院再好也不如家好，我想家，想跟儿孙们在一起！"

胖婶捧着照片自语了半天，心里亮堂了不少，眼角挂着泪便睡着了。她梦见自己回家过年，正给儿孙们包饺子，嘴角浮出几丝幸福的笑。

夜路

下晚自习时，洁匆忙走出教学楼，除了一双眼睛，瘦削的身子全部裹在套子里，那是一套连帽的淡灰色运动装。她将手伸进挎包里，碰到那把冰冷的水果刀，不禁打了一个寒战。

前几天，办公室的小王突然说：“你们听说没，这几天晚上不太平，有人专门在晚上出来抢劫，闹得人心惶惶，也不知真假。”

小李说：“我也听说了这件事，以后下晚自习走夜路，还真得加小心。”

洁听了，一颗心怦怦直跳。从那天起，心底便盘踞着一个挥之不去的阴影。尤其是下晚自习的路上，她怕撞见任何一个陌生人。为了给自己壮胆和防身，特意去买来一把水果刀。

小王嘲笑她说：“就你这黛玉的模样，还带一把刀，如果真遇见了坏人，还不被人一把夺过去，反而成了凶器了！”小王这番话，气得洁直咬牙，可仔细想想，说得也有道理。道理归道理，水果刀始终不能离身，毕竟可以拿它壮胆。

校门口的灯光很柔和，洁从车棚里拽出自行车，沿着甬路推出大门，一脚踏上去，轻飘飘地飞起来。骑出一段路，洁借着路灯抬头看看天，一整块的黑幕压得很低，让人喘不过气来。

洁有点着急，脚下更用力了，车轮飞快地向前滚动着。刚过了城门，一阵风卷过来，差点儿将洁连着自行车掀翻。洁顶着风又骑一段，车轮蹬不动了，她跳下自行车，才发现车带瘪了一只。

洁有些懊恼，只好推着车子走人行道。风更大了，脚下的枯叶旋过了头顶。洁紧张地想加快走，可风大车沉，任凭她怎样努力，脚下也快不起来。

又一阵风旋过来，她瞥见一个白色的影子从头上飘过去，晃晃悠悠，像聊斋里的白无常。洁的双手有些抖，快跑了几步，身后那个影子在飘，她告诫自己，读了这么多年书，这世上根本没有鬼！洁鼓足勇气回头，才看清飘在身后的，那是一块白色的塑料，一个跟头栽下来，落在她的脚前。

再让你装神弄鬼！洁气得在塑料上狠狠跺了两脚，才出了一口气。稍微平缓了一下，她又感觉有一个黑色瘦高的影子，不紧不慢跟在身后。难道今晚黑白无常都出来了？洁心里犯嘀咕，又回头看了一眼，却惊出了一身冷汗。一个黑衣男子，戴着黑色的口罩和帽子，正朝着自己奔过来。

他是不是抢劫的？手里有没有刀？洁越想越怕，可四周除了路灯散着微弱的光，几乎看不见行人，更何况赶上这种鬼天气，人行路上几乎没有人。

洁推着自行车拼命奔跑，汗珠顺着脸颊流下来，在转弯处，她再次回头看了几眼，那个男人仍然跟在身后，距离不远也不近。洁停住脚步，迅速地打开挎包，把水果刀拽出来，揣进了衣兜里。几滴雨砸下来，冷冰冰的，刀光般的一股寒气透进了骨子里。

洁使出全身力气，继续推着自行车快跑。一道闪电，一个响雷，从行道树上劈下来。洁打了一个冷战，又回头瞥了一眼，瘦高的影子更近了！洁想象着口罩下面那张脸，一定狰狞可怕！洁的眼角开始有泪了，她既怕又委屈，该死的晚自习！该死的贼！心里咒骂着，脚下却更快了。

雨哗地一下泼了下来，四面八方，没有边际。又一道闪电，又一个响雷，洁的眼前满是水的世界，身上的衣服被淋透了一半，脸上淌着雨水和泪水，她索性将车子扔在地上，想去路旁找个避雨的地方。

“这大雨天的，车坏了也不能随便扔啊！”一个男低音飘了过来，洁的头顶立刻多了一把雨伞。

洁扭头一看，是他！戴黑口罩的男人！他一手打伞，一手去拽起躺在地上的自行车。

洁更加紧张了，慌忙说：“我家就在附近，他马上就来接我了。”

男人瞥了洁一眼说：“雨伞你拿去用吧！别淋感冒了，我马上到家了！”男人平静地说完，把雨伞塞给了洁，一转身走了。

洁高举着那把雨伞，呆望着瘦高的背影冲进雨水里。那背影很快消失在前边的小区里。

洁摸了摸胸口，吐出了一口气自语：“世上还是好人多啊！”一种莫名的温暖，顿时驱走了洁身上的寒意。

洁摸出衣兜里的那把水果刀，苦笑了一下，又把它塞进了挎包里，推起自行车朝家的方向走去。

一把尺子

好容易盼到周末，小影决定回一趟娘家。只剩半小时就发车了，小影才拾掇好包裹，跟老公卫华领着六岁的女儿，急匆匆地跑向车站。

一家三口好容易通过检票口上了客车，却被女售票员拦住了。

你女儿的身高已超过了一米二，请马上补一张票。售票员说着，指了指她身边的那根扶手，上面划了一道清晰的横线。

小影张大眼睛看着售票员，愣了一下说：“不可能啊，我昨天还给孩子量了身高，正好一米一六，咋也不能一晚就长出四厘米。”

女售票员听了，马上冷着脸说：“你把孩子领过来，对着横线比量一下，不就清楚了！”

小影回头看了看卫华，卫华说：“那就比量一下吧。”

小影将女儿拽到那根扶手前站好，对着横线量了一番，吓了一跳，高声喊：“不对，女儿的身高比那道横线还高出差不多三厘米，这不是胡扯吗！”

卫华凑上前看了又看说：“小影说得没错，一定是你们的标尺有错误！”

女售票员一听便发火了：“我们的标尺不会有错，请你们马上给孩子买票，超过一米二就是成人票。”

小影一听更火了：“孩子超过一米二应该买半票，咋还要买成人票？明摆着骗人，你们这不是黑车吧！”

女售票员眼上眼下打量小影一番，怪声怪调地说：“是不是黑车你可以去问我们老板，这条线路是他承包的，俺看你也可怜，连一张车票都买不起，还好意思坐车。”

小影听了这番话，气得嘴唇都快发紫了，站起身想跟她继续吵，被卫华一把拦下，转身对售票员说：“买票可以，但下车后，咱们必须去找一把尺子鉴定一下，好歹也给我们一个说法。”

车上的乘客们见状，也偏袒他们说：“对，应该找一把尺子，比量一下，谁是谁非就都清楚了。”

卫华掏出钱，买了一张成人票，气得小影连瞪了卫华几眼，她感觉自己憋了一肚子窝囊气，半天都没说一句话。女售票员却在车里谈笑自如，好像没事人一般。

一个小时后，客车到了终点站。那位女售票员早已忘记了找尺子的承诺，对小影一家三口看都没看一眼，下车后，径直走进了车对面的一座民房里。

小影拽着卫华说：“走，跟我去附近的人家，一定借一把尺子来。”

卫华看看周围，乘客都走散了，叹口气说：“要不就算了吧，咱也不差这一张票钱。”

小影很坚决地说：“那不行，这不只是钱的事，她说我买不起票，是明摆着侮辱我。找把尺子量一下，如果是他们的错，总是没人管，他们以后还会挣昧心钱，不知还要宰多少位带孩子的乘客呢。”

卫华点点头说：“那咱们就去借。”小影跟卫华一连找了三户人家，可算借来了米尺。小影又进了那座民房，找到那个跟车的女售票员说："你得来跟我们一起比量那条横线，看看到底是谁错了！"

女售票员见到小影愣了一下，她第一次撞见这样较真的乘客，极不情愿地跟出来说："不就一张票钱嘛，还没完没了了！"

小影在前面气呼呼地走，也不搭话，等到了车上，拿出米尺仔细量了一番，客车上扶手的那道横线正好一米一三。

小影对着女售票员说："看见了吧，到底是谁的错？这事咋解释？是我买不起一张票的事吗？"

女售票员窘红了脸说："这是老板规定的，具体咋回事我也不太清楚，票钱我给退。"

卫华一旁说："你回去转告你家老板，把这横线重新刻好，以后不要再挣那几个昧心钱了。"

女售票员假装没听见卫华的话，将票钱退给了小影，气鼓鼓地走了。

小影拿回了票钱，望着女售票员的背影，长长地舒出了一口气说："人这一生，无论走到哪儿，最好都要随身带一把尺子。"

右转，兄弟

“右转，过了！你咋听不见呢！退三步，右转！”随着几声男中音严肃的口令，从1303病房的门口，走进来两个男人。

走在前边的，六十岁左右，右腿是小儿麻痹症，走路明显不稳，只好平端起左胳膊来平衡身体。进眼科住院，又几乎看不见路，多数是很重的眼病。

他身后的男人，五十岁左右，黝黑，健壮，穿一套半旧的迷彩服，浑身透着曾经军人的气质。听他的口令，明显就是一名退伍老兵。

我坐在母亲的病床前，向他瞥了几眼，想到大学时给我们军训的那个排长，这人长得太像了。

“大哥，直走！手不要碰床！你咋听不见吗？直走，右转！”男人的声音又提高了几度，仿佛是在进行一场重要的军训。

大哥刚进屋，便挨了弟弟的训斥，脸上有些挂不住，摸到了自己的床位，气鼓鼓一屁股坐了下去。

我听见那人喊大哥，便有了几分蔑视，哪有这样的弟弟，这样无情对待大哥？何况他又是一位不能自理的病人。

吃晚饭时，男人提了两盒饭菜进来，打开放到桌子上，对大哥说：“左边是米饭，右边是芹菜炒肉，记住方向，赶紧趁热吃！”

大哥点点头，摸着那双筷子，狼吞虎咽吃了几口，才记起什么似的问：“你，你咋不吃呢？”

男人紧绷着脸说：“你别管闲事，我在外面吃过了！”

大哥吃到了一半，又问：“那，那你吃的啥？”

男人说：“我吃得比你好，红烧肉！”

晚饭后，大哥想活动一下。男人立刻站起身指挥：“直走！右转，别撞门上！”

大哥几次想扶着病床走，都被男人厉声制止住了。大哥出去后，正在吃饭的病友问男人：“你是退伍老兵吧？真吃了？”

男人笑着说：“退伍二十多年了。真吃了，我吃了两碗呢！”

我对他更加反感了。这人不地道，对自己的大哥板着脸训斥不说，还在外面偷吃好的，啥人呢！

晚上睡觉前，男人带大哥去洗漱，又是一阵不高不低的口令声。

病人如果能自理，还要你陪护干啥？我越发瞧不起他。

夜深了，大哥睡了。病房里的呼噜声，顿时震耳如雷。病友们翻来覆去，谁也无法入睡。呼噜声吵醒了男人，他干脆坐在大哥的身边，每隔十几分钟推一推他。说来也怪，那呼噜声竟然没了。

病友没了睡意，他便坐起身问男人：“他是你亲大哥？”

男人叹口气说：“不是亲大哥，但我把他当作亲大哥。大哥是我们村的播音员，别看他腿脚不好，脑瓜子灵着呢！大哥文化高，能写会算，嗓音好，待人也好，村里很多人都想来陪护呢！可大哥命不好，本来腿脚不灵便，现在眼睛又要看不见了。”

不是亲哥，难怪他陪护时没有人情味！我也没了睡意，暗自想。

病友又问：“那你来医院陪护，村里给你工钱不？”

男人憨憨一笑说：“要啥工钱！哪有陪护大哥还要工钱的！”

不是亲大哥，争着来陪护，嘴上还说不是为了钱，鬼才信呢！我越来越瞧贬他。

病友继续追问：“不要钱，你搭上时间来陪护？他对你有恩？”

男人叹口气说：“说来也惭愧。当年我在部队里是班长，带了好几届新兵。不是吹牛，我带过的兵，个个都像样，绝没有孬兵！当时部队里没有不佩服我的。后来母亲得了重病，我只好复员回来了，老老实实当了农民。

“回来不久，我恋上一个女孩。半年后，女孩嫌我家里穷，另嫁他人。那时，我彻底悲观失望了！我在村里几乎天天喝酒闹事。大哥知道了，把我叫到村部里教训了一番，天天跟我谈人生，才让我的一根筋转了弯，从痛苦里走出来。所以他就是我亲大哥。”

“那你为啥还那么训他？”我终于忍不住，带着不满问。

男人说：“我这样训练大哥，也是为了他好。他行动不便，又没儿没女，我又不能总在身边照顾他。大哥如果以后生活不能自理，那可咋办呀？”

这番话令我有些吃惊，佩服还是他想得周全。

以后的几天，男人还是独自在外面吃，变着花样给大哥带回好吃的。后来我才知道，他为了省钱给大哥看病，在外面顿顿吃的是粥和小咸菜。

我陪母亲出院时，还听见男人在喊：“右转！直走！”

再后来，我听说男人的大哥眼病没治好，他们又辗转去了北京。

月色如水

一个月朗星稀的夜晚，乡医院的一间病房里静谧无声。

窗前月光如水般倾泻，洒在老秦那雪白的被褥和床单上。老秦的眼皮很沉，却丝毫没有睡意。他勉强翻了一个身，闭了眼，眼前满是遍野的禾苗，一墩墩，一簇簇，灰头土脸，蔫头耷脑的，打不起半点儿精神。

老秦叹了一口气，又翻回身，伸出双手去捧月光，自语道：“月光啊月光，你要是懂我，今晚就变成雨水了，那该有多好啊！”

月色不语，在他的手心里晃了几晃，白亮亮的，泉水一般澄澈。

老秦坐起来，头脑有点清醒过来。他隐约记起，两个多月没下雨了，庄稼地里，干裂出一道道深浅不一的口子。烈日炙烤之下，自己蹲在乡间的田地里，双手捧着有些烫手的冒烟土，望着那一大片蔫巴巴的庄稼苗，嘴唇干裂，心急如焚。“老天！快点下雨吧！苍天有眼，你苦谁都行，就是不能苦了咱农民啊！”老秦含着眼泪，沙哑着嗓子喊。

这段时间，老秦记不清有多少次跑到田里察看旱情，也记不清有多少个日夜，他亲自跑进村里，带领村民们引水、抽水、拉水、挑水。再后来，河水几乎干涸了，井水也快挑干了。老秦望着那大片的蔫巴巴的禾苗，想到百姓的每一滴汗水，想到秋天大片的土地没了收成，他默默流下了两行热泪。

老秦的眼里布满了血丝，红巴巴的。个头不高的他使劲蹬着自行车，敞开衣襟，挽起两条裤管，沿着乡路一连跑了五六个村。有的地方禾苗已经几乎枯死了，一根火柴就能把它们点燃。老秦顶着烈日蹲在地头，看着看着，一阵急火攻心，便瞬间晕倒了。

月光从窗外打蔫的树叶间倾泻下来，又轻轻晃了晃，朦朦胧胧的。

老秦看了一眼躺在陪护床上的妻子，月光笼住她那白皙而又疲惫的脸，只能听见她均匀的呼吸。如水的月光更像一湾清泉，缓缓地流进病房，缓缓地流进老秦的心里。老秦又一次双手捧住了月光，就好像捧了一湾清水。他再也躺不住了，揉了揉眼睛，把病号服脱下来，悄悄换上自己的衣服，穿上鞋，蹑手蹑脚推开了病房门。

老秦悄悄从乡医院里逃出来时，看了一眼手表，正好是晚上九点十分。一阵晚风拂过，也吹不散老秦烦躁的心绪。

老秦走到家门口，缓缓推开那两扇熟悉的铁大门，眼前的一幕让他惊呆了。

院子里，如水的月光下，老秦的两个小女儿并排跪在地上，两双小手举过头顶，一高一低，托着两只很大的红色搪瓷盆。

“老天爷！求您快点下雨吧！下雨了，田里的小苗就不能渴死了！下雨了，爸爸的病就好了！下雨了，农民伯伯就不能挨饿了！下雨了，爸爸就能回家了！”两个稚嫩的声音一起一落，脆脆的飘过来，刺痛了老秦的心。老秦扶住了那扇门，顿时泪如泉涌。

那一年，老秦的大女儿九岁，小女儿六岁。

岁月如歌，月色如水。退休的老秦含着热泪，坐在院子里回忆当年。那几年，老秦是清水湾的乡长。

王婶的圆桌

王婶把热腾腾的两菜一汤端到餐桌上后，便到客厅招呼躺椅上的老伴说："老头子，开饭了！别总盯着电视机看，那上面乱哄哄的全是人，有啥看头呢？"

"你懂啥？这几天正赶上春运高峰，车站里的人能不多吗？"

王婶看了老伴一眼，突然想到了远在上海的大儿子水生，便弯腰凑到电视机前说："这么多人，也看不见咱大儿子一家三口啊。"

老伴笑了："你急啥，今天才腊月二十六，再过两天，水生他们就回来了。"

吃饭时，王婶端着饭碗，扒拉两口就放下了，然后盯着眼前的饭桌，前后左右、上上下下仔细看了好几遍。

老伴纳闷问："你瞅啥呢？饭桌坏了？"

王婶摇摇头，又点点头说："咱家这饭桌太小了！大儿子水生一家三口，二儿子水牛一家四口，老闺女水芹一家三口，等他们都回家吃团圆饭时，这饭桌还能坐下？"

老伴说："他们也不可能同时回来，水芹还得去她婆家过年呢。"

王婶急了："水芹过年不回来，可正月初三那天，她咋也得回一趟娘家吧。这张饭桌是长方的，咋看都坐不下。不行，我得出去买一张大圆桌回来。"

老伴说："等水生回来再说，他还不知咋安排呢？净想一些没用的，厨房本来就小，你再搬回一张大圆桌，往哪儿放啊？"

王婶瞪了老伴一眼说："谁说没地方，我自有办法。"

老伴无奈地摇摇头说："你尽管折腾吧。"

王婶很快拾掇了碗筷，便独自去了市场。半个时辰后，她果真买回一张很大的圆桌，还雇人给抬上了二楼。

老伴见了说："你可真行，都七十多岁的人了，还长能耐了。不买回这张圆桌，估计你今晚都睡不好觉。"

王婶费了很大力气才把大圆桌摆放在客厅正中间，左摸摸，右瞧瞧，孩子似的笑了。"老伴啊，这张大圆桌多好看，桌面一朵朵的小红花，看着就喜庆。年货也备齐了，就等孩子们都回来，那才叫热闹呢。"

老伴说："快了，咱们在家安心等吧。"

王婶欢喜地把圆桌的桌面立起来，小心放到厨房的门后。每隔几个小时，都要跑过来看几眼，嘴角挂着满满的笑。

腊月二十八的下午，水生一家三口终于回来了。王婶乐得合不拢嘴，摸着孙子的小手，高兴得眼泪差点掉下来。

水生说："妈，咱家只有两居室，等明天二弟一家再回来，可就没地方住了。不如这样，我们三口去旅店住几晚，但保证回家吃年夜饭。"

"客厅也能住啊！在家里挤吧点怕啥，一年难得聚一回。"王婶说着，脸上露出一丝不悦。

水生媳妇说："妈，挤一起，那多不方便。"

王婶看了看这六十多平方米的房子，叹口气说："年前不让你们给买房，可你们偏不听。我住楼房憋得慌，还是乡下的那所老房子好，地方大，爱咋扑腾就咋扑腾。你们不爱住，高兴住哪就住哪吧。”

腊月二十九，水牛一家也从北京回来了，王婶家里一下子热闹起来了。

水牛说：“妈，过年人多，做饭多累啊。不如这样，我去饭店订一桌年夜饭，咱们一起出去吃，那多省心。”

王婶一听就急了：“那可不行，你们回家过年，一个想住在外面，一个想吃在外面，那还一起过年干啥？”

水牛说：“妈，您老的观念也得转变了。这么多人挤在一起，厨房这么小，吃饭也不方便。大城市都时兴这个，儿子又不差钱，您老就听我的安排吧。”

王婶叹口气，伤心地说：“为了准备年货，我忙了大半个月。炸丸子，灌肉肠，熬皮冻，泡豆芽……这些都白忙活了！”

晚上，同住在县城的闺女水芹一家也过来了。王婶说：“你们不是说回婆家过年吗？”水芹说：“我们临时改变主意，爸身体不大好，想一家人团聚一次不容易，明年再回他家过年。”

王婶说：“还是闺女最懂妈。只是我白买了一张大圆桌，就盼着全家人能吃上一顿团圆饭。可你那两个哥……”

水芹说：“妈，大哥和二哥他们也没错，咱家地方太小，确实住不下，我去找他们商量。”

水芹找来大哥二哥商量说：“咱爸妈身体都不好，他们盼了一整年，就想一家人聚在一起，坐在家里吃一顿热乎乎的团圆饭。吃的，住的，你们就都别讲究了，这次一定要听咱妈的。”

水生和水牛这才明白过来，点头说：“好，就听咱妈的。”

吃年夜饭时，王婶让俩儿子把那张大圆桌摆在客厅里，端上的一大桌子菜，都是王婶亲手准备的。还有刺嫩芽那样的山野菜，也是王婶春天采来冻在冰箱里的。

吃几口老家菜，喝几口冰葡萄酒，大儿子水生激动起来，夸奖说：“好吃！好吃！老妈的手艺最好了，这才是真正的年味！”

二儿子水牛也说：“饭店里的菜可比不了这桌子菜，关键是花多少钱也买不到呀。”

王婶高兴地说：“好吃就多吃点！你们看看妈买的这张大圆桌，一朵朵小红花，多喜庆！等明年，咱一家人还坐在这张大圆桌上吃年夜饭！”

“好，那就为了这张圆桌干杯！”水芹举起酒杯说。

王婶的老伴患了半身不遂，他坐在圆桌前把每一个孩子都仔细看了一遍，缓缓地说：“团圆好，圆桌好！明年，我说不定就能站起来了呢！”

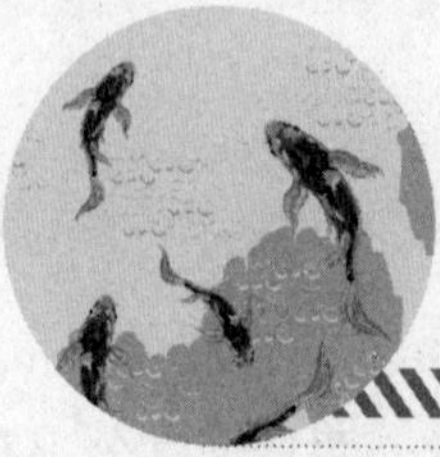

第三辑　河湾村逸事

黄　昏

李婶弯腰抱起一捆柴火时，两只大红公鸡在院子里对峙，咯咯地叫几声，便伸长了脖子掐架。瘦小的她侧过身子，将柴火倾斜抱在腋下，吃力地走着。一只大白鹅嘎嘎地叫几声，扇动着翅膀跟在她身后，好像在提醒，饿了，饿了，给点吃的。

几颗雨点砸下来，豆粒一般，落到尘土里，滚动了一下，晃了两晃，顿时粘住不动了。也有几颗落到她的脸上，碰到了嘴角，凉丝丝地裹着一股咸味。

李婶抬头见一块灰黑色的幕布遮住了半边天，正向自己的头顶挪移过来。她加快了脚步，将怀中的那捆柴送到仓房里避雨，很快又折回到院子里。二十几只鸡鸭鹅见了她，唱着将她团团围住，甚至过分地啄起了裤脚。

雨点逐渐变大，空气里裹着一股雨的腥味。李婶转身回屋，很快提着半桶加水的食料出来，水舀子在塑料桶里摇晃，极不安分地敲着桶沿。她将食料用力搅拌几下，分别倒入三个木槽里。那些鸡鸭鹅迅速围拢过来，找到自己的同类和位置，迫不及待地吞咽起来，偶尔停下感激地叫几声。

李婶望着它们贪婪的吃相，嘴角露出一丝满意的微笑，吃吧，吃饱了好多产蛋！留给他回家吃！她撩起身前的围裙，将一双沾满食料的手裹擦几下，再一次奔向柴垛。仓房里只能挤下三捆干柴，她又先后跑了两趟，才舒出一口气。

李婶站在院子里再一次看天，那块幕布的颜色更深了，好像被人扯住了四角的被子，沉沉地压过来，让人透不过气来。她掰开手指头，数了又数，十天了，老头子的病也不知治得咋样了，千万不要扔下俺不管啊！李婶想着，眼角不自觉湿润了。

一只鹅伸长脖子嘎嘎地叫了几声，她才回过神来，打算再去抱一捆柴，刚一抬脚，被几根散落的柴棍绊了一下，一个趔趄险些倒地。她本能地伸开双手支撑到地面，方稳住了身子。

李婶感觉到手掌一阵钻心地疼，起身察看，手掌已被碎小的石子硌出了红色的斑点，正一点点从皮肤里渗出血迹。这才发现左手的食指被柴火刮了一条细长的口子，也跟着汩汩地冒着鲜红的血。

风起，雨噼噼啪啪地下起来。李婶顾不上疼痛，弯腰拾起那几根散落的柴棍，走到柴垛前放下，又从柴垛上用力拽出一捆柴，斜抱在腋下一路小跑，打开房门，一股脑堆放到灶膛前。她伸出右手拍一拍衣袖和围裙上的尘土，拧开水龙头，冲洗着手掌上的血迹，转身去屋内取出一贴邦迪，小心缠到左手的食指上。

李婶低头搓一搓自己的双手，发出木锉一样的窸窣声，手指和手背露出粗细不一的干裂纹，隐约感觉一阵细微地疼。她从衣兜里摸出电话，熟练地按下十一位号码，那端却传来电话关机的声音。李婶失落了，眼泪在眼眶里直打转。

窗外的天色越来越暗，将整座老房子都吞了进去，一道闪电钻出来，顿时撕开了黑幕，拉开长长的口子，锯齿一样闪着黄白的光，转瞬又化成一条游龙，左右晃动几下，便窜进厚厚的云层里去了。紧接着传来一阵轰隆隆的雷声，滚石一般翻滚过来，又渐渐隐没了声音。

李婶又跑到院子里，将鸡鸭鹅一起赶进有棚的圈窝里。再回屋时，发丝上落下几滴雨水，衣服已经湿了半截。还没等她站稳脚跟，窗外的雨水哗啦一声，从空中整个倾泻下来，白亮亮的一大片。她站在窗前向外望，房檐已经遮不住雨了，在玻璃上反复冲洗着，分不清天和地的界限，也辨不清远山和近处的房屋，只剩下一个雨水的世界。

墙上的时钟孤闷地响了一声，李婶回过神来，意识到该做晚饭了。她奔向厨房，麻利地打开那捆干柴，抖出几根，右手握住，左脚用力踹下去，只听咔嚓一声脆响，几根柴立刻断成了两截。她蹲下身子，将一大绺干柴塞进了灶膛，然后取出半张废旧的书纸，卷成了圆筒状，刺啦一声，划开一根火柴，点燃书纸，放到灶膛里。干柴碰到了火星，晃晃悠悠地燃烧起来，火苗越来越旺，映红了她的脸庞，并发出噼噼啪啪的声音。

李婶将那口大铁锅洗刷干净，添上半锅水，转身去淘米洗菜，熟练而又有序。忙完时，她的额头已经渗出一层细密的汗珠儿了。

手机铃声突然响了起来，李婶吓了一跳，赶紧从衣兜里掏出来，一个熟悉的声音从手机那端飘过来："妈，爸的手机没电了，爸在医院挺好的，您只要照顾好自己就行，千万别担心。"

李婶连连点头，眼角里又满是泪水："嗯嗯，有你们在，妈一百个放心。"

她挂了电话，擦了泪，凝视着窗外。雨小了，先前的黑幕不知被谁揭走了，天色亮了许多。院子里浑浊的积水淌成了小河，汇聚在大门口处，一转弯撞进门外的壕沟里，哼着歌溜掉了。

李婶搬来一个小板凳，坐在灶膛前不停地添柴。灶膛里的火越来越旺，没多久，便堆积了一些红彤彤的火炭，厨房暖了起来，铁锅刺刺啦啦地响，四周冒出白色的热气，很快便飘出了一阵诱人的饭香。

李婶起身去打开饭桌，熟练地摆放上两双筷子，随后又摇了摇头，失落地拿下去一双，心里默念，快好起来吧，别总牵累孩子，俺在家等你健健康康地回来。

雨停了。李婶将目光挪向窗外，两道明亮的霞光射了进来，刺得她睁不开眼，再看时，仿佛老头子笑呵呵地站在大门口。她心里一惊，擦了擦眼睛，方知是自己看花了眼。

李婶推开房门，一片晚霞染红了西边的天空，也染红了她的半边脸。她低头拍了拍衣兜里的手机，脸上露出欣慰的笑容。

2016年8期发表于《小说选刊》

半亩地

娘握住铁锹的木把，一只脚踩住铁锹的边沿，全身用力下去，铁锹插进田垄中，再向上一撬，一锹土便被整个儿翻过来。

娘累了，放倒铁锹，捶几下背，后腰一阵钻心地疼，挺一会儿方敢直起身。

娘叹口气自语："不服老不行啊！过了七十，就快成棺材瓤子了。"说完才记起今早走得匆忙，忘了吃止疼药。

娘额上渗出一层细密的汗珠儿，粘住的一绺白发在阳光下闪着亮晶晶的光。她忍痛皱了皱眉，目光来回丈量脚下的半亩地，挖好的新土已占了三分之二。

娘正仔细计算着垄数，掂量如何种红小豆，手机突然震动起来，还带着一段音乐铃声。她赶紧从衣兜里摸出电话，按了一下接听键，那端传来儿子郑良的声音："娘，您老这几天身体还好吧？"

娘擦了一把汗笑着说："好着呢！好好工作，不用牵挂俺，文丽和大孙子也都好吧？"

“他们都很好，只是爹刚出院没几天，就扔给您照顾，家里家外全靠您一个人，哪能不担心？”郑良说着在电话那头叹口气。

“你爹的病恢复得差不多了，俺就是做饭洗衣啥的，也不算累。”

“娘，老家那边都开始种地了吧，爹干不动农活，今年就别种了。”

“不种了，两块地都包给别人了。”娘低头望着脚下的新土，露出遗憾的神情。

郑良松了一口气说：“那我就放心了，五一假我不能回老家了，等我将新买的房子装修好，就接你们二老进城里住，也享享清福。”

“俺和你爹商量过了，只要身体还行，就不去城里住。楼房太憋闷，想找个人唠嗑都难。再说，你媳妇文丽那边，能行吗？”

“她、她那边，工作我一定能做通。”郑良想到媳妇也有些发怵。

“你就别难为文丽了，娘理解。你只管忙，别担心家里。”娘说着蹲下身子，拿起一块石头去剐蹭铁锹上的泥。

郑良电话那头听见刺刺啦啦的声音，又追问：“娘，您在忙啥呢？”

“俺在挖地，那两块承包出去，这半亩地不能扔，它可是俺前年一镐头一镐头开出来的。俺正寻思今年种上花脸红小豆，娘知道你和你爹最爱吃这个。”

郑良听了鼻子一酸，眼泪窝在眼角说：“娘，这么早就去田里，您千万别累着，‘十一’假我一定回老家接你们。”

“早啥，太阳都挂树顶了。你从小到大都孝顺，俺知足了，可别为想着接我们进城，再跟媳妇闹别扭，那就不值了。俺还要忙着干活，不跟你唠了。”娘说完匆匆挂了电话。

郑良呆愣愣坐在床上，记起娘说的那半亩地，正好处在四十五度角的斜坡上，再往下两米，就是陡峭的石砬子。去年“五一”回老家帮着娘种地时，石砬子上的映山红开得正盛，一簇一簇的粉红色，斜坡上还有几树桃花和杏花，风一过便可闻到淡淡的花香。娘还让他帮着撅了一大捧映山红，回家放进装水的罐头瓶里，老屋也跟着鲜亮起来。

他记得那天，娘特意给他做了一顿黏黄米饭。这是他小时候最爱吃的，尤其是在黄米饭里拌上白糖或者猪油，在那缺衣少穿的年代，吃上几口，别提有多香甜。娘说城里的米农药多，味道也不纯正，这黏黄米是自己种的，别小瞧那半亩地，没沾上一点儿农药和化肥。娘还特意给他挖了一些苦碟子菜，说吃了能去火。那天的黄米饭油汪汪的好吃，却吃得郑良心里酸溜溜的。

郑良擦了擦眼角，起身去洗手间洗漱，脑子里却都是娘的影子。他不敢去想，七十岁的娘忍着腰痛正在太阳底下一铁锹一铁锹地挖地，而她的孝顺儿子却在城里享受悠闲的生活。他对着镜子自骂几句："你还是男人吗，还孝顺儿子，不脸红吗？"

郑良将牙缸用力一拍，转身回卧室，他下定决心跟媳妇文丽好好谈谈。

娘挂了电话，将一只手搭在额前，望了望脚下石砬子上绽放的映山红，摇了摇头自语，又一年没见到儿子了，还真想他。娘又看看太阳，拾起铁锹继续挖，每挖一锹，她都仿佛看到一分希望。等娘挖到最后一铁锹时，太阳已经转到了头顶，娘的手机又响了，还是儿子郑良打来的。

"娘，告诉你一个好消息，文丽那边同意了！'十一'假我就回家接你们二老！"郑良掩饰不住内心的兴奋说。

娘愣住了，好一会儿才颤着声音说："好，好，娘在家等你们，秋天咱一家人就团圆了！"娘挂了电话，几滴老泪顺着眼角的皱纹流下来。她伸出粗糙的手擦了又擦，仿佛看见脚下的半亩地长出一大片绿油油的豆苗。

等你回家

石头和豆豆是邻居，两家只隔一道院墙。石头是男孩，八岁，黝黑壮实，圆圆的脸。豆豆是女孩，六岁，白净瘦削，一双忧郁的大眼睛。

石头住姥姥家，豆豆住奶奶家。午后，石头在院子里耍棍棒，吼吼哈哈一阵子乱舞，满院子鸡飞狗跳。豆豆踮起双脚，隔着院墙的花砖空隙喊石头：“石头哥，陪我玩翻花绳吧。”

石头丢下木棍，撇撇嘴说：“不玩，女孩子才玩。”豆豆又喊：“那你陪我玩过家家吧，我送你玩具车。”石头听见有玩具车，点头说：“那行！”撇下棍子就跑过来。

豆豆家院子里有一堆沙子，爸爸套院墙时剩下的。石头找来几块小木板，豆豆递给石头玩具车，又找来一些石子。石头将木板靠在沙堆上搭建了一座房子，豆豆用石子铺了一条路，又砌上了一个大门。

豆豆跑回屋捧出六个变形金刚，是豆豆从小食品袋里积攒的。石头说：“新家建好了，咱们住进去吧。”豆豆拿过来两个变形金刚说：“这个是我，另一个是奶奶。”石头也拿过来两个说：“这个是我，另一个是姥姥。”

豆豆将剩下的两个拿过来说：“这个是爸爸，另一个是妈妈。”石头一把抢过来，噘着嘴说：“那不行，这两个是我爸和我妈，你爸妈都不在家。”豆豆哭着喊：“那是我爸妈，你爸妈也不在家。”

石头见豆豆哭了，拿来玩具车摆在大门口喊：“姥姥说了，他们过中秋节就回家，开车来姥姥家接我。”

豆豆抹着眼泪喊：“我不信，奶奶也说我爸妈这几天就回家，开车的是我爸妈。”

石头说：“我也不信，咱们一起去村口等，看谁的爸妈先回家！”豆豆说：“去就去，谁认输谁是小狗。”

石头在前面使劲儿跑，豆豆跟在后面用力追，一口气跑到村口的那棵老榆树下。

石头爬到老榆树旁的一条木凳上，豆豆也跟着爬了上去。石头对着村口的那条公路喊：“爸爸——妈妈——快回家吧！”豆豆也跟着喊：“妈妈——爸爸——豆豆来接你们了！”

石头喊累了，坐到凳子上不说话。豆豆嗓子喊干了，也坐到凳子上。豆豆看见自己和石头的影子在脚下拉得很长很长，抬头看看夕阳说：“石头哥，太阳快要落山了，咱们明天再来吧。”石头见一只大公鸡走过来，跳下凳子，一脚踢向大公鸡，吓得那只公鸡张开翅膀，扑棱棱地飞走了。

石头和豆豆连续喊了七天，差一点儿喊破了嗓子。中秋节的前一天，石头终于等回来了妈妈，豆豆终于等回来了爸爸。

石头拿着手里的玩具飞机问妈妈：“爸爸呢？咋不跟你一起回家？”妈妈笑着说：“爸爸在城里建高楼，工地上离不开他，等年底再回家。”

石头噘着嘴问：“建高楼干吗？”妈妈说：“挣钱给你买玩具和好吃的，将来给你在城里买楼住。”石头将手里的飞机摔了，我不要玩具，也不住高楼：“我只要爸爸！”

豆豆穿一身漂亮的花裙子问爸爸："妈妈呢？她咋不回家？豆豆想妈妈。"爸爸狠命吸了一口烟，沉默了许久说："你妈妈出远门了，挣钱给你买花裙子穿，过年才回家。"豆豆哭着求爸爸："我不要花裙子，我就想要妈妈。"

中秋节后，石头妈妈走了，豆豆爸爸也走了。那天，石头和豆豆跟在后面追了很远。石头哭着喊："妈妈——求你带我去找爸爸。"豆豆哭着喊："爸爸——求你带我去找妈妈。"石头妈妈走远了，石头追在后面喊："你们不能这样对我！"豆豆爸爸也走远了，豆豆也追着喊："你们不能这样对我！"

那天，豆豆见奶奶拿一把剪子，偷偷剪开爸妈的照片，然后塞进了灶膛里。豆豆赶紧跑过去，抢出了妈妈的照片。豆豆愣了半天，突然明白了，哭着对奶奶喊："我要妈妈！你们不能这样对我！"

那天以后，豆豆还找石头玩过家家，但他们谁也不肯提爸爸和妈妈。

几个月后，豆豆像一只蝴蝶，飞过来对石头说："妈妈来电话了，说过几天来看我，爸爸也要带新妈妈回家过年了。"石头也笑了，"姥姥说，我爸妈过年也回家。"豆豆说："那咱们还去村口等吧。"石头说："行，咱们一起等。"

石头和豆豆一起爬上了凳子，他们一起喊："爸爸——妈妈——快回家！"不多时，长凳上又多出了四个同村的孩子，他们一起对着村口喊："爸爸——妈妈——我们等你们回家！"

八棵桃树

昨晚大半夜雷声风声纠结到了一起，然后就是一阵子大雨，风撼动着后院子里的八棵强壮的桃树，恨不得连根拔起。

两间砖砌的低矮的农房里映出微弱的灯光，一阵阵揪心的咳嗽声传出窗外。八十一岁的张老汉捂着胸口想尽力压低声音，很怕惊醒了一旁患了半身不遂的老伴儿，可这病情不是自己能控制住的，老伴儿还是惊醒了，半天费力吐出几个字模糊不清的字来："明天——去医院——看看吧。"张老汉急忙点头应允着："好，好，别害怕，我这老骨头命硬着呢，一时半会儿也死不了。"同时伸开颤抖的手，给老伴儿掖好被子，然后拍拍胸口安慰道："我明天去一趟县城医院，打几针就好。"

看着老伴儿睡了，张老汉披衣坐起打开灯，从一个抽屉里摸出一瓶药来，倒出几粒，送进嘴里，用唾液咽了下去，嗓子眼里酸酸涩涩的。眼睛盯着窗户上映着的树影，寂寞地摇动着，老汉的记忆却被拉到了很多年以前。

那天，下着小雨。张老汉拎着八颗小桃树苗从外面回来，招呼自己可爱的儿女来帮忙："都出来啊，帮爸爸把这些树苗栽到咱家的后院里，等你们长大了，也就结桃子喽！"孩子们一呼百应，雀跃着飞出来，老汉哼着小曲儿，看着自己心爱活泼的孩子，三男五女，个子参差不齐，心里那个美啊！

后来的那些年里，大儿子患了重病离去，二儿子在一次车祸里丧生，尽管经历了沟沟坎坎，张老汉夫妇硬是省吃俭用，含辛茹苦地把六个儿女们拉扯大了，就像那窗外桃树上的小燕子，长满羽翼之后一个个地从身边飞走了。五个女儿先后嫁了人，小儿子也成家立业了，前几年在老汉家门前盖了一栋锃光瓦亮的二层小楼。老汉把自己多年积攒的钱都拿给了小儿子，本指望自己老了有个落脚处。

老伴儿一年前突患了半身不遂，小儿子把二老刚接到家里，晚上儿子家就发生了一场战争，锅碗瓢盆被儿媳愣是摔了一地，瞪着眼，掐着腰，指着儿子指桑骂槐，无头无尾骂了一个狗血喷头。要强一辈子的张老汉怎能受得了这样的窝囊气，卷起铺盖背起老伴儿又回到自己的老房子里。

想到这儿，张老汉不禁老泪纵横，那花白蓬乱的头发在暗弱的灯光下显得无限苍凉。

老汉就这样强忍着肺部疼痛，在无限放大的痛苦里挨到天亮，桃树上的小鸟叽叽喳喳叫个不停，那淡粉的盛开的桃花散落了一地。老汉急忙起身，忍痛生火做饭，把老伴儿安排妥当之后，乘车去了县医院。

医院里，同一个病房，除了张老汉，每个病床前都有人忙前忙后地照顾。张老汉只有把眼睛生愣愣盯在雪白的墙上，以躲避自己孤苦凄凉的心境。旁边一位年轻人见张老汉可怜，忙前忙后地帮忙照顾，让张老汉感激不尽，当问起家里状况时，老汉无奈地遮掩着："孩子们都忙，都有自己的生活，都不容易，就不劳累他们了……"

张老汉在医院打完点滴，又急忙乘车赶回家，还有老伴儿需要自己照顾。回到家，张老汉拖着疲惫而又疼痛的身子，扶着院子里的桃树禁不住再一次落泪。

这天晚上，张老汉做了一个梦：儿媳端了一碗热乎乎的鸡蛋面喂老伴儿吃，几个女儿围着老两口有说有笑，孙子外孙们正围着那八棵桃树捉迷藏，桃树上结满了香喷喷的桃儿……

寻　亲

老李蹲在一棵树下吸烟，眼睛却盯着不远处那头健壮的老黄牛和一头小黄牛。老黄牛在草丛里埋头吃草，晃一晃头，脖子上的铃铛便“叮叮当当”清脆起来。

老李眯起眼睛想，这是村里最后两头牛了。别说二道贩子，就是村长来了，磨破了嘴皮子我也不卖。等儿子小国急需用钱时，再卖也不迟。

老李这边正想着，手机铃声便响了，掏出一看，是小国打来的。

老李急切地问：“还有多久能到家？”

小国说：“快了，快了，再有半小时就到家了。”

老李说：“臭小子，这几年你不在家，还真想你。今晚咱爷俩说啥也得喝上几盅。”

小国说：“我知道您就稀罕这口，便特意托战友帮忙，从茅台镇买了四瓶好酒，保准儿你爱喝。”

老李听说小国给自己买了好酒，内心一阵暖意，眼角便有些红了。“臭小子，是啥好酒？”

“茅台镇上的阿九正传酒，战友说好喝着呢。”

“爹也算没白疼你这么多年，可那么贵的酒给爹喝了，还真有点可惜了呢。”

老李挂了电话，站起身去拽了老黄牛的缰绳，从树林里找到一条近路，急急地往山下走。

快到半山腰时，老李铆足了劲儿拽缰绳，那头老黄牛还是拧巴巴地站在原地，回头一声接一声哞叫。老李这才发现小黄牛不见了。

老李把老黄牛拴到一棵树上，钻进沟坡很陡的树丛里。发现小牛时，脚下一滑便摔倒了，并顺着沟坡滚下来，幸好被一棵树拦住了。

等老李醒来时，右腿一阵钻心剧痛，根本无法挪动。眼见太阳就要下山了，老李心急，去裤兜里摸手机，发现手机也掉没了。

小国在山上找到老李和小牛时，天已经快黑了。老李伏在小国壮实的后背上，不禁落下了几颗热泪。

回到家，小国赶紧请来了村里的老郎中。老郎中给老李的腿捏巴了一阵子，疼得老李龇牙咧嘴叫了半天。老郎中又拿出几副接骨药，对小国说，你把这药面兑上一些白酒，敷在腿伤处，3个月便能拄拐走路了。

小国见家里的酒壶早都见底了，便去拿一瓶阿九正传酒，倒一些放入接骨药里，给爹小心敷上。

一个小时后，老李说：“这药酒挺管用的，还真不那么钻心疼了。”

老李让小国妈给炒了两个菜，对小国说：“你去把那好酒拿出来，咱爷俩今晚喝几杯。要不是你去山里找，把我背了回来，爹这把老骨头，说不定今晚就喂狼了。”

小国赶紧说：“爹，不能这么说，就是我这次没回来，村里人也能去救你呀。”

老李摇摇头说：“那就说不定哪天了。你小时候，爹总带你上山，只有你了解爹常去哪些地方。爹用手吹出的那鸟叫声，也只有你能听懂。”

小国想了想说：“那倒也是，除了我，还真没人能听懂呢。”

老李半躺在热炕上，跟儿子小国一边唠一边喝。喝光了第二瓶酒时，老李流着泪对小国说：“有一件事，爹瞒了你二十多年了。现在你复员回家了，爹又捡回了半条命，无论如何得告诉你，你是爹从外地捡回来的。过些日子，你去把那两头牛卖了，给你凑个路费，想办法去找到你的父母。”

小国听了，半天才反应过来。小国抹着眼泪说：“我不想找，我就是你们亲生的。”

老李又喝下一大口酒说：“那不行，帮你找到父母也是爹大半辈子的心愿。”

小国只好说：“寻亲的事您不用急，现在都有互联网，我可以通过网络慢慢去找，不用花那路费钱。”

老李和小国喝了大半夜，两瓶酒都见了底。老李还想再打开一瓶，却被小国妈拦住了：“别再喝了，那酒还得留着给你治腿用呢。”

两个多月后，老李的腿竟然能拄拐走路了。老郎中见了说：“太神奇了，一般至少三个月才能拄拐。”

老李诡秘一笑说：“关键是我用了最好的酒，当然好得快了。”

“啥好酒啊？我也去买来试试。”

老李伸出一根手指，在老郎中的手心里画了几笔说：“阿九正传酒！”

一年后，小国在网上通过寻亲栏目和DNA比对，找到了自己的父母。老李坚持卖掉那两头牛，把钱塞给小国说：“托人去买几瓶阿九正传酒，带去看看你亲生父母，就说是我的一点心意。”

半年后，小国给老李寄来了两箱阿九正传酒。老李又把这些酒都赠给了老郎中，说是让他多治病救人。

李婶和她的缝纫机

“嘎达嘎达”，李婶的双脚交替踩着，脚踏板有节奏地前后配合，这声音便从缝纫机上飞出来。“北京的金山上光芒照四方……”李婶甜润的歌声伴着缝纫机的节奏，也从那间小屋飞出来。

李婶个子不高，长得白净，喜欢踩缝纫机和唱歌，尤其擅长裁剪。她裁剪的技艺完全是自己琢磨出来的。家里老老小小十几口人，单衣、棉衣和被褥，缝缝补补，全凭李婶这一双灵巧的手。一套衣服，老大穿小了，改吧改吧，再给老二穿。老二穿小了，穿出几个洞了，改吧改吧，再给最小的穿。无论啥样式的衣服和布料，到了李婶的手里，都能翻出好几种花样来。

邻居们都夸李婶心灵手巧。每逢年底，总会拿来一些新布料，求李婶给裁剪缝纫。等做好了新衣，大家来试，大小肥瘦保管合身。邻居们当面就夸：“他婶子，咱村也就你能做出这身像样的衣服！”

李婶听了就笑，也不回答。李婶的缝纫机是解放牌的。为了买上这台缝纫机，李婶和李叔去山上采三枝九叶草、割蒿子秆和杏条等，辛苦攒了三年才买回来。李婶把缝纫机视作自己的心头肉，总是擦得干干净净，决不让它沾上一丝灰尘。

那年村里实行土地承包责任制，李婶家也开了一个家庭会议。李叔是老大，一直没言语。老二媳妇说："咱们分家单过吧，我们可不想再跟着受罪了。大哥一家六口，也就大哥顶个劳力。"

老三媳妇也说："现在土地都承包了，咱们也该分家单干了，谁也不吃亏，谁也别想占便宜。"

李婶一跺脚说："分就分！日子就是再穷，也不会到你们家门口要饭吃。"

分家时，问题又来了。公公和婆婆年龄大了，老二老三都不要，却都盯着那台缝纫机说事。

李婶说："两位老人归我，可缝纫机谁也别想要！那是我们用血汗钱换回来的。"

老二媳妇说："哎哟！要是依你这么说，那我们这些年在泥土里打滚，收回的粮食都谁吃了呢！总不会是我一个人吃了吧。"

老三媳妇跟着应和："说的就是，一大家过日子，我们也没闲着呀！"

李叔厉声说："都闭嘴！这事我做主，把缝纫机拿去卖了分钱。"

李婶当时就委屈地哭了，这哪是卖缝纫机呀，分明是在剜她的心头肉啊！

李叔瞪着她说："哭啥哭，以后再买一台不就得了！"

分家单过后，李婶和李叔拼了命地干活，想攒钱再买一台缝纫机，可日子却一天比一天紧巴。公公和婆婆身体不好，总得买药打针啥的。四个闺女上学，学习又都好，让哪一个下田受累，李婶都舍不得。缝纫机可以晚点买，闺女的前程不能耽搁。

没有了缝纫机，李婶就像丢了一只翅膀，再也飞不起来了。家里的缝缝补补，只能用她的一双手来做。点灯熬油，李婶不怕，就怕晚上睡不着觉。“嘎达嘎达”“嘎达嘎达”越是睡不着，缝纫机的声音越清晰。

几年后，李婶的公婆先后去世了，李婶家的日子也开始逐渐有了起色。李婶和李叔没黑没夜地干，终于攒下了一些钱。李叔带着愧疚对李婶说，这些年让你受了不少苦，年底该给你买一台缝纫机了！

李婶叹口气，摇摇头说，再等等，等老大毕业再说吧。

四年后，大女儿大学毕业了。李叔这回没征求李婶的意见，径直去城里给李婶买回来一台缝纫机。

李婶见到缝纫机，高兴得直落泪。“嘎达嘎达”,“北京的金山上……”李婶捋了捋鬓角的白发，低声哼唱起来。李婶的心随那“嘎达嘎达”的声音又飞了一回。

李叔躺在热炕上眯着眼睛听，总觉着李婶的歌里掺杂了一点沧桑的味道。

再后来，几个女儿陆续都毕业了，从李婶的身边一个接一个飞走。那台缝纫机旧了，李婶也老了，她的心再也飞不起来了。

那年，大女儿在城里给他们买了楼房，接他们去城里住。

搬家那天，李婶坚持要带那台旧了的缝纫机。大女儿不理解，赌气说：“城里啥没有，那么难看的缝纫机放哪儿呀！”

李婶说：“不带缝纫机，我就不搬了！”

李叔对大女儿说：“让你妈带上吧！你不懂你妈，或许等你老了，你就明白了。”

母亲的苏子叶

母亲的苏子叶长在老房子的后园里，高高低低，拥挤在两棵李子树下，无规则地排列着，绿油油铺出十几米远。

自从女儿月娟那天在电话里说，苏子叶有防病保健作用，母亲便开始关注它的长势，并琢磨起它的几种吃法来。

太阳拨开晨雾时，母亲便挪着歪斜的脚步，进了后园。一群小麻雀极不安分，从苏子叶下扑棱棱钻出来，三五成群，争着跳上了枝头。阳光裹了它的叶片，那绿色便是透明的。

母亲的腰弯成了弓状，伸手摘下一片叶子，放在鼻下轻轻嗅了嗅，那是一种独特的叶香。她自语道，这叶子除了包干粮，以前也没人吃，现在还成宝贝了！母亲很快摘下了半筐苏子叶，拿到水龙头下，一片一片洗净晾干，用塑料袋分装了四袋，才直起腰歇一歇。

四袋苏子叶胀鼓鼓地绿，让母亲找到了成就感，她掏出手机，熟练地拨通了女儿月娟的电话。

月娟说："妈，我正在写一份报表，您有事吗？"

母亲顿了一下说："妈老糊涂了！忘记了你上班。你上次说吃苏子叶对身体好，妈刚摘下了不少，正嫩绿着呢！你们兄妹几个要是没时间回来取，那妈明天去城里送，好歹也要你们几个尝个鲜。"

月娟说："妈，您可别来了！我们几个都忙工作，也没时间陪您啊！"

母亲有些失望："那、那我不去了，托人捎进城里。对身体好的东西，你们就多吃点儿。"

月娟说："也好，您照顾好身体，我们就放心了。"

母亲只是"嗯"了一声，便挂了电话，对着那四袋苏子叶，发呆了好一会儿。她仿佛看见了四个孩子，像小时候一样围着自己转。

过了一段时间，母亲发现苏子叶更绿了，在树下茂密地拥挤着。母亲露出孩子似的微笑，哼着二人转小调进了后园，很快又摘下一大筐苏子叶，同样拿到水龙头下，一片一片洗净。

这一次，母亲改变了主意，她将苏子叶放进烧好的开水锅里，翻腾几下再捞出来，放进凉水里泡。母亲同时准备了盐、大蒜、辣椒面等，将苏子叶腌制起来。

母亲再次拨通月娟的电话说："妈做了苏子叶咸菜，明天托人捎进城里，如果觉着好吃，打电话说一声，妈还给你们做。"

月娟赶忙说："妈，您来住两天吧，明天是周末，我有时间陪您。"

母亲心里一阵暖，又摇头说："妈这次不能去，家里该种白菜了。"

月娟说："那等我找时间回家，帮您种后园的菜。"

母亲轻轻"嗯"了一声说："没时间就别折腾了！"母亲说完，眼角有一滴泪，顺着皱纹就流了下来。

立秋过后，母亲发现苏子叶绿得更深了，底端的叶子甚至开始衰落。母亲围着苏子叶转了几圈，挑了些较大的苏子叶，又摘了一大筐。

母亲将事先泡好的黏大米，用水磨推了，控掉水分，做成黏米面，又煮了些花脸红小豆。同样将苏子叶一片一片洗净晾干，再抹上一层豆油，然后将黏米面摊在苏子叶上，包上小豆，便成了苏叶干粮。再将苏叶干粮放到蒸锅里，二十分钟后，一大锅油汪汪的苏叶干粮就出锅了。

母亲同样分成了四份，然后掏出了手机，孩子似的拨通了女儿的电话，迫不及待地说："月娟啊，妈特意做了苏叶干粮，明天去城里送，给你们几个兄妹尝一尝！"

月娟高兴极了，喊了一句："有妈牵挂真好！明早我去车站接您。"

母亲在电话这边笑了，笑得很暖，刚想说话，突然感觉眼前一黑，双腿有些发软，手机便从她的手里落到了地上，"啪"的一声，摔出了很大的声响。

月娟在电话那端听到了一声脆响，便听不到母亲回话了。月娟连喊了几声妈，都没有回音，才意识到出事了。

等月娟赶到医院时，母亲已从病床上苏醒过来。月娟红着脸谢过将母亲送来医院的邻居，心里好似打翻了五味瓶。

母亲安慰说："妈没事，阎王爷那里不收老太婆。"

月娟流着泪说："妈，都是我们不好，总是瞎忙，也没顾上你。"

母亲说："等妈好了，还给你们包苏叶干粮！那些黏面都冻在冰柜里，还能包上四次呢！其实，妈就是太孤单了，总想跟你们说说话。"

月娟懊悔地喊了一声："妈！"便已经泪流满面了！

娘

小颖读小学时，她只记得那天下着雨，白亮亮的雨一道道刷在玻璃上。

她挺直了身板，双手放在书桌前。老师读一句，“慈母手中线”，她和同学们跟读一句，“慈母手中线”。老师说，打开本子写生字，小颖便翻出一本田字格。

雨小了，小颖忍不住向窗外瞟了一眼，她看见窗外一个熟悉的身影，披着一块塑料布站在雨中。小颖又看了一眼，原来是娘。

娘走过来，一张脸几乎贴在教室的玻璃上，向小颖招手微笑。

小颖生怕被老师和同学发现，赶紧低下头去写生字。

过了十几分钟，下课铃声响起。老师才发现门外站着小颖的母亲，便喊小颖出来。小颖跑出教室，见娘的裤管已被雨水打湿了大半截。

小颖说：“娘，以后下雨天别来了。”

娘说：“你没吃早饭，娘怕你饿，拿苞米去给你换了麻花，快拿去，趁热吃。”

“娘，我还真饿了！”小颖笑了，脸上的酒窝像一朵绽放的花骨朵。

小颖读初中时，她父亲生意上亏了空，全家人的生活陷入了极度贫困之中。

小颖依然坐在教室里读书，语文老师读一句，“母亲啊，你是荷叶，我是红莲！”小颖和同学们齐读一句，“母亲啊，你是荷叶，我是红莲！”

教室里琅琅的读书声一阵阵飘向窗外。小颖向窗外瞥了一眼，她又看见了熟悉的身影。母亲穿着单薄的棉衣，在寒风里跺着脚取暖，她见小颖看见了自己，便微笑着示意小颖出来。

小颖不忍心让母亲受冻，跟老师打了招呼，便飞出了教室。“娘，你咋来了？十多里路啊！”

娘笑着说：“俺在家琢磨，铲地都要用最好的工具，你学习也离不开好笔，娘今天卖了家里的鸡蛋，给你换了这只钢笔，漂亮吧。还给你带来一小袋炒面，住校千万别饿着自己。”

小颖接过来那支笔，笔上画着一条漂亮的龙，还有娘手掌上的温度。小颖的眼睛湿润了，欢喜地说：“娘，你真好，只是路太远，以后别来了！”

娘说：“总怕你冻着饿着，能不来吗？”

小颖目送娘走出学校，漫天的雪花遮住了娘瘦弱的身影。

小颖读大二时，去了离家几百里的师范院校。父亲再一次赔了本，家里再也拿不出钱供她读书了。小颖跟老师求了情，缓期半年再交学费。

放寒假了，小颖下车时，四处寻找娘的身影。以往娘总提前来车站接她，可今天却没看见娘。

小颖失落了，慢吞吞往家走，进了村子，走到拐角处，看清前面那人就是娘。只是，娘手里牵着一头牛，不像是来接自己，因她朝着另一个方向走。

小颖突然间意识到什么，她朝着娘走的方向快步追过去。“娘，我回来了！你咋没去接我？”

娘带着疲惫说：“宝贝女儿回来了，你先回家，娘去去就来。”

“娘，你这是要干啥去？不是要卖牛吧？”

娘牵着牛又向前走了几步，支支吾吾说：“卖啥牛，你先回家吧。”

小颖含着眼泪阻止说：“娘，我就是不念书，也不能让你去卖牛，明年开春种地可咋办？”

娘生气地将小颖推到一旁：“你这孩子，只管读书，家里的事不用你管。”

小颖蹲在地上哭了，娘牵着牛走了，没回头看她一眼。

新学期开始后，小颖在学校里格外用功，又找了一份家教，没想到一年下来，她得了四千元的奖学金，又挣了四千元的补课费。

小颖拿出钱还了欠下的学费，回家后还赎回了那头牛。娘那天高兴得流出了眼泪，逢人便说自己养了一个好闺女。

小颖毕业那年，家里刚刚还了亏空，正赶上工作分配困难。娘背着小颖去找中学的校长，又去找主管教育的乡长。娘将自家产的鸭蛋一个一个都积攒下来，然后一篮子一篮子给送了礼。娘一心要帮小颖找到接收单位，结果杳无音信。

小颖知道后，埋怨娘：“那些鸭蛋您一个也没舍得吃，都送了人，太可惜了。”

娘说：“不可惜，只要你找到工作，谁吃都是吃！”

“娘，我找到接收单位了，我有本科自考的文凭。”

娘那天高兴得流泪了：“你找到工作，娘就放心了。”

小颖工作那年，小颖问娘：“您为啥从小到大都惯着我？”娘笑着说：“傻孩子，你是娘的心头肉，日子再苦，娘也要给你最好的！”

小颖结婚那年，娘一直追到村口，流着泪看着婚车离开村子。

挪　树

村口的老榆树下，突然聚满了人，比平时纳凉的人多出了好几倍。

“听说咱村要集体搬家了！最晚不过两个月！”张学问的话好似一枚炸弹，在人群里炸开。

“好好的，为啥搬家？”七十多岁的柳爷皱了皱眉，用力将烟袋锅磕在屁股下老榆树的树根上。

“听说这里要建一座拦水坝！”张学问指了指村前那条江。

柳爷说：“拦水坝？那不是浪费吗！”

“是引水工程，眼下城里人越来越多，大城市用水紧缺，只好把咱这地方的水引过去。”

“好几百里，这水也能引过去？”柳爷有些迷惑。

“当然能，据说水利专家都来勘测过好几次了！咱这里水质好，建大坝最适合。”

村长说：“适合也不能建！村庄是咱的根！盘根错节连着心，能挪吗！”

柳爷叹口气问："你这消息靠谱吗？"

张学问说："绝对靠谱，我的一个远房亲戚是勘测队的，是他亲口对我说的。"

村长说："我也听乡长提起过这件事。"

柳爷眯起眼睛说："加上我的父辈，在河湾村住了上百年，早就扎下了根，我哪儿也不去！"

张学问说："这条江原叫富尔耶娜江，传说是为了纪念一位坚贞的满族姑娘。别看咱村人口不多，民风民俗可不少。搬了，可就啥都没了。"

"不搬！坚决不搬！"大家一时吵闹起来！

村长说："别吵了！村里还没接到通知！"

柳爷说："就是搬，也不能丢下这棵老榆树，它是咱村的树神！能庇护后代子孙！"

张学问点头赞许，摸着粗糙的树皮说："老伙计，无论搬到哪儿，我都带上你，建一个一模一样的河湾村。"张学问说这话时，感觉眼角有些湿润了。

柳爷挠挠头说："就是不知咋挪啊？"

"用镐头和铁锹挖！"

"用电锯切根梢！"

"人工不行，用铲车！"

大家摸着老榆树的腰身，纷纷献策。

村长一瞪眼说："人挪活，树挪死！老榆树的根系能有上百米，谁也不能挪！"

柳爷也冲村长瞪了眼睛："人在，树在！树在，人在！"

柳爷理论了一阵子，见村长坚决不同意挪树，最终打了哈欠说："散了吧，活人总不能让尿憋死。"

一个多月后，村长去乡里开会。张学问见村长上了车，便跑去对坐在老榆树下的柳爷说："村长这次去开会，准没好消息，就等着搬家吧！"

柳爷坐不住了，对纳凉的村民们说："趁村长不在家，咱们得提前挪树。"

张学问拍了拍老榆树的树干说："上百年的树，咋挪啊？"

柳爷微微一笑说："我有办法，咱们把挪树的动静搞大点，说不定也管用！"

村民们说："柳爷，您在村里德高望重，咋做尽管吩咐！"

柳爷说："那就说定了！大家明早带一些红布、馒头、烟酒、水果和高香啥的。"

张学问认为柳爷这是在搞迷信，可转念一想，为了挪树，让干啥都行。便应了一声："好嘞！放心吧，柳爷！"

第二天晨雾消散，老榆树枝叶上的露珠，滴答滴答落下来，偶尔砸在柳爷的白发上。

"摆——祭！"柳爷喊了一嗓子。

一张八仙桌，八碗供品，两杯酒，烟雾缭绕。柳爷手持高香，对老榆树拜了三拜，口里咿咿呀呀唱了一气。

张学问站在一旁，听柳爷唱的满语基本是胡编，差点笑出了声。

柳爷唱完两段，给老榆树系上红布，歇口气喊："村在，人在，树在！"

柳爷又慢吞吞给村民们讲起了祖辈们的故事，让不少人落了泪。快到中午时，柳爷抬头看看天，一大块乌云爬了过来，又看了看手表，喊了一声："挪——树！"

张学问说："柳爷，老榆树的根系一直连到房屋的地基下，根本无处下手呀。只有南边的根系，在路口上。"

柳爷说："那就从路口开始挖。"

村民拿着铁镐和电锯，沿着根系走出五十米，才动手开挖。

镐头刚落地面上，大家就远远地看见村长回来了。

村长见了眼前的情景，气得变了脸色，赶紧制止说："不能挖！这树一挪，可就活不成了！"

柳爷拦住村长喊："继续挖！今天我说了算，天大的事我顶着！"

村长气得直跺脚说："你这老爷子，太糊涂！"

村民挖了一尺多深，才见到老榆树的根须。电锯刚碰到根须上，只听"咔嚓"一个闪电，"轰隆"一阵雷声，一场暴雨瞬间瓢泼下来。

柳爷摆了摆手说："天意啊！"

村民们为了躲雨，很快都跑回了家。

雨停了！村民再来看时，老榆树的根须处竟然流出了汩汩的鲜血。

柳爷惊得变了脸色，对大家说："果然是神树，不能挪了！"

村民对树根流血的事议论纷纷，挪树的风波便停了下来。

过了几天，村长请来了乡长，召集村民开会。会上乡长说："关于修建拦水坝一事，引起了上级有关部门重视。为了保护重点村落和老榆树，拦水坝工程已改到了别处，河湾村不搬家，更不挪树！"

村民一阵鼓掌称快！河湾村又恢复了原样。

隔了一些日子，张学问、柳爷和村长又来到老榆树下，见树上不知何时挂了一块金光闪闪的牌子，上写：白榆木，树龄三百多年，国家重点保护树木。

张学问说："我还偷画了一张重建河湾村的图纸，现在没用了。"

柳爷说："老榆树有灵性，是神树，谁也碰不得！"

村长笑着说："柳爷，老榆树祭祀那天，树根流的是鸡血！"

柳爷捋着胡须哈哈大笑说："村长，我领着大家摆祭挪树，选准你下车的时间，那是做样子给你看的！"

谁动了我的杏树

漫天的雪花裹挟着一股寒气，不管不顾往四处里钻。杨老汉闲来无事，把两手抄进袖子里，到市场上四处转悠，无意中瞥见市场一角蹲坐着一个中年男人。

男人的身后摆放了十几根圆木，大约一米长，有碗口粗细，码放得很齐整。

杨老汉凑了过去，随手摸了摸，见圆木的切口很新。杨老汉凭山里人的经验，一看便知这是杏木，是刚从山上砍下来的。

男人的身边围了大半圈子人，不到半小时工夫，那些杏木便被一抢而光了。

杨老汉很好奇，走上前递给那男人一支烟，搭讪问："兄弟，你的生意不错啊？"

男人接过烟，吸了一口，憨笑说："城里人也不知咋回事，最近都稀罕买这个。"

杨老汉问："你那杏木咋给截成一段一段的？城里人又不烧柴灶，他们买这玩意干吗用？”

男人白了他一眼说：“大哥，你这就有些少见多怪了，现在城里人都时兴。听说拿回去稍微加工一下，摆放到客厅里，可以驱邪避祸，小日子越过越兴旺。生意人摆放到店铺里，可招财揽客，生意越来越红火。”

杨老汉撇撇嘴说：“说得真邪乎，杏木这么灵？”

男人想了想，摇了摇头说：“灵不灵我也不知，或许就是借个音，讨一个吉利话呗。”

杨老汉叹口气说：“可惜这些杏树了。我在老家住了那么多年，房前屋后都有杏树。我家的山场里杏树更多，每年春天都会开一大片杏花，漫山遍野，那才叫一个香啊！杏花吸引山上的那些蜜蜂，整天嗡嗡嗡叫个不停，成群结队地跑来采蜜，可没人舍得去砍一根杏木。”

男人说：“那有啥可惜的。我不去砍，别人也偷着去砍。你去看我们村，房前屋后的杏树几乎都被砍光了。”

杨老汉愣住了，呆呆寻思了半天，手里那根烟的烟火差点烧到了手指，才猛然缓过神来。

杨老汉是河湾村的村民。三十多年前，村里搞承包到户，杨家除了分到几十亩地，还在黑瞎子沟分到了十多亩打柴场。

每年初春，杨老汉都会在腰上捆一根麻绳，拿一把事先磨得锃亮的砍柴刀，到自家的柴场里砍柴，然后用牛车拉回家，在大门外堆起两个高高的柴垛。自从封山育林，杨老汉便不再去柴场砍柴了。

杨老汉风里来雨里去，省吃俭用大半辈子，供三个子女先后读了大学。杨老汉出了一场车祸后，儿女们便在城里给他买了房，接他到城里住。杨老汉开始时死活不想去，可最终拗不过儿子，才别别扭扭搬进了城。

杨老汉这一晚彻底失眠了。他翻来覆去琢磨集市上那男人的话，眼下城里都时兴买杏木，很快便会刮起一阵风。看来大山里的杏木是难逃此劫了，那柴场里的杏木还能保住吗?

杨老汉越琢磨越不对劲，干脆爬起来，坐到客厅里吸烟，呛得自己一连咳了老半天。等他再躺下休息时，天已经快亮了。杨老汉梦见自己手握一把砍柴刀，站在柴场的那块卧牛石上四下张望，才发现山场里的杏树一棵都不见了！杨老汉愤怒了！抬眼见几个男人从林子里走出来，每人肩上都扛了两根杏木。

站住！还我杏木！这是我家的柴场！

那几个人愣了一下，冲他冷笑说，你家的？笑话！这是国家的！他们说完哈哈大笑，扛着杏木转身就跑。

刘老汉愤怒了，冲着那些人狠命叫骂。骂声传到山谷里，随后又荡了回来，也没人听清他在骂啥。

杨老汉醒来时，身上已是大汗淋漓。他连忙给儿子打了电话，说啥都要回老家去一趟。

儿子拗不过，只好在周末那天，开车送刘老汉回去转一转。

刘老汉拽着儿子站在山场上时，望着满山蓊蓊郁郁的树林，不禁老泪纵横。刘老汉钻进树林里，果然没找到一棵杏树！他痛心地骂："是哪个王八羔子动了我的杏树！"

儿子见爹气得两只手都抖了，红着脸嗫嚅了半天才说："爹，您老气性咋那么大呢！别人又没偷！是我找人把那些杏木砍了，全做成了工艺品，还能换回一笔钱呢！就算我不砍，早晚也让别人给偷去了。"

刘老汉一跺脚，指着儿子的鼻子说："败家子，眼里只有钱！依你这逻辑，以后城里时兴啥，咱们就让它绝种啥！"

儿子不大高兴说："城里人都认杏木，这能怪我吗！"

一箱苹果

老王将两捆柴从肩上卸下来时，满脑门都是一层汗珠。他直起身子喘了口气，擦了擦汗，进屋直奔水缸跑去。

老王从水缸里舀出半瓢凉水，仰起脖子，咕咚咕咚灌了下去，扔下水瓢，抹了抹嘴，对正在做饭的翠兰说："真甜，解渴！还是咱自家的井水好喝！饮料和矿泉水啥的，都比不上咱家的水好喝。"

翠兰撇撇嘴说："你这是吃不着葡萄就说葡萄酸，想天天喝饮料啥的，也得有那条件是不？"

老王白了她一眼说："咱是穷肚子命，又不是城里人，真喝不来那个。"

老王说完，又去舀出少半瓢水，咕咚咕咚一气喝了下去，肚子里却咕噜咕噜闹起了空城计。他见翠兰正在灶膛边忙着，知道还没做好饭，叹了口气，四处看了看，突然发现橱柜上放了一箱苹果，便发现了新大陆似的，露出惊喜的神情说："翠兰，这是太阳打西边出来了！头一次见你舍得买一箱苹果。"

翠兰走过来推了他一把说："累了就进屋歇着，站这里干吗！这是咱闺女给买的！你说她咋买这么多，吃不了就搁坏了，纯属浪费。”

老王笑着说：“还是咱闺女孝顺，有我在，哪有吃不了的！”说着便去打开箱子，捡出一个大红苹果来。

翠兰见老王捡出一个苹果，把脸沉下来说：“见了好吃的，眼睛都亮了，啥也搁不住，就不能放几天再吃！”

老王没说话，咔嚓一大口，将苹果咬下来六分之一，使劲嚼了嚼，一瞪眼，便吞了下去。然后竖起大拇指，提高嗓门说：“这是红富士苹果，真甜啊！”

翠兰紧绷着一张脸，转身去把那箱苹果盖上，小心捧着放进橱柜里，厉声对老王说：“我看你就是饿死鬼托生的，咋那么嘴馋！”

老王哈哈一乐说：“翠兰，这要是退回二十年，我也舍不得吃，上有老下有小的，哪能轮到我呢！可现在不同了，老人不在了，两个女儿也都长大飞走了。不缺吃也不缺穿，咱俩还穷仔细啥呢！”

翠兰一听就不高兴了，数落老王说：“咋？现在嫌弃我穷仔细了？当年你们王家要不是我这样算计着省吃俭用，能过上今天的好日子？我还不是为了这个家嘛！翠兰觉着受了委屈，说完眼泪就下来了。”

老王见自己捅了马蜂窝，赶紧赔不是：“好了好了，别哭了，都怪我，不就是一个苹果吗，我不吃了。”老王随手将剩下的苹果放到菜板上。

翠兰见老王赔了不是，擦了眼泪说：“你把剩下的吃完，不能又浪费了！”

老王被翠兰搞得哭笑不得，只好将剩下的苹果吃了。

一个月后，大女儿小芳从城里回来，又买回来一箱苹果和一些营养品。翠兰才记起家里那箱苹果还没吃呢，便责怪女儿说：“你咋又乱花钱了，上次买的那些苹果还没吃呢！”

小芳无奈地说：“妈，您可真行，苹果也不贵，放一个月不吃，不都烂掉了吗！那才是真浪费了。”

翠兰说："你懂啥，过日子总得有个算计，今天有，得想到明天没有，细水长流才是正道。你们年轻人花钱都大手大脚的，从来不想以后。"翠兰说完跑去厨房将那箱苹果捧进屋，打开一看，果然烂掉了大半。

老王凑过来看了看，笑着对翠兰说："留着吧，最后都得喂猪了！"

翠兰红着脸说："喂啥猪！谁家猪吃得起这个！你去把菜刀拿给我。"

老王将菜刀和菜板都拿进来，笑着对小芳说："这回咱爷俩可有好苹果吃了。"

翠兰瞪了老王几眼没说话，将烂了一半的苹果切去洗净，足足装了大半盆，端给老王说："咱们赶紧把这些吃了，扔了就可惜了。"

老王看着女儿小芳，冲翠兰的后背努了努嘴。小芳会意，便对翠兰说："妈，不是我说你，你这才是最大的浪费，以后不能再这样做了。"

翠兰说："本来我想放些日子再拿出来吃，谁知我竟然给忘了，以后绝对不会了！"

小芳走后，翠兰把新买来的这箱苹果和营养品又放进橱柜里。只有一件事改变了，那就是每隔两天，保证老王和她都能吃上一个苹果。

不到半月，老王就气哼哼地给女儿小芳打电话说："小芳，爹告诉你，下次不许再买苹果回来，买了我就给扔出去喂猪！"

小芳一听就懵了："爹，您这是咋了？"

老王说："你说咋了！自从你走后，你老妈每隔两天给我一个烂苹果吃，到现在都没吃到一个好苹果！那苹果不放烂就不让吃，我昨天都吃出肠炎了！现在还在医院呢！"

小芳无奈地摇摇头说："我可敬可佩的老妈呀，真是拿你没辙了！"

责　任

“小冬来信了？”女人凑过来仔细看，几行小字在她眼里就是蝌蚪文。

“来信了！”老张拧着眉头回答。

“信上都写了啥？”女人将两只湿漉漉的手裹进围裙里，用力擦了又擦。

“让咱们保重身体，别太累了！”老张吸了一口烟说。

“没忘了娘，还写了啥？”女人的眼睛湿润了。

“他说春节不回家了，省下路费，或许还能打工挣几个钱。”

“不回家？两年了！”女人的泪水止不住流下来，“还写啥？”

“生活费不够了！”老张又吸一口烟，眉头拧成一个大疙瘩。

女人沉默了，半天也没言语。

老张狠吸了一口烟：“明天把那头母牛牵集上卖了吧！”

“卖了？到开春犁地时咋整？”

“卖了！车到山前必有路。”

“不能卖，还指望它下崽子呢！”

“不卖咋整？咋也不能让小冬在外受委屈。”

“可老二上学也用钱啊！”女人抹着眼泪说。

“供小冬上大学是咱们的责任！”

女人沉默了，她抬眼看看老张身旁的拐杖说：“实在不行，让老二下学帮你，要不，你那腿……”

老张低下头，用力捶了一下小腿，没有知觉，他摇了摇头，眼圈儿有些发红。他丢下那封信，拄着拐杖走出屋子，一瘸一拐进了牛圈。

老张搂了一筐草倒进牛槽子里，伸开粗糙的手指拍打着牛背：“老伙计，好好吃吧，明天就得把你送走了。”

老张的眼角湿了，眼前掠过二十年前的一幕。他和小冬爸一同在外打工，遭遇煤矿事故被困井下，突然出现塌方，小冬爸一把将老张推了出去，他被埋在了井下，而老张被一块巨石砸中了腿……再后来，小冬妈丢下小冬，离家远走了，小冬成了老张的儿子。

老张又拍了拍老牛的后背：“明天让老二下学，送你去集市！”

张婶的菜园

张婶抡起镐头，吓飞了李子树上的一群小麻雀。张婶抬头说：“一群胆小鬼！”麻雀们听不懂，扑棱棱地飞远了。

张婶摆上了几条垄，将白菜籽均匀地撒到垄台上，再用铁锹盖上一层薄土。种完了菜，张婶放下铁锹，擦了一把汗，吁出一口气，见太阳已悬在老屋的红瓦顶上。

张婶微驼着后背，四下看了一遍，花白的发丝在阳光下闪闪发光。

菜园子很大，里面挤满了各种蔬菜，高高低低，青红紫绿，格外喜庆。张婶随手摘下一根黄瓜，简单擦了擦，咬一口说：“没农药的菜才好吃，纯绿色的！”

两只大白鹅，伸长脖子嘎嘎叫几声，张婶回过神，去扯了些芸豆叶子，丢给它们说：“吃吧，吃饱了再叫！”张婶掸了掸身上的土，回屋热了饭菜，给生病的老伴煮了碗面条，还特意加了一个鹅蛋。

吃饭时，老伴指了指电视里的娱乐节目。张婶会意，将声音键往上加了六个数字，老屋瞬间跟以前一样热闹了。

张婶和老伴都怕静。张婶洗碗时，故意将碗筷和羹匙上下翻几个来回，碰撞出悦耳的清脆声。她喜欢听这种声音，几十年也没厌倦过。从前八口之家时，碗筷多，那声音更清脆。公公和婆婆去世后，四个孩子也都飞进了城。碗筷少了，使足了劲翻动，弄得稀里哗啦的，心里就舒坦。

窗外是菜园，树上结满了半绿半紫的李子。一群小麻雀又飞来了，躲在树叶底下上蹿下跳，叽叽喳喳地叫。张婶将碗筷放进橱柜里，对麻雀喊了一嗓子，真能闹腾！

张婶喊完愣了愣，想到城里的几个儿女，去提了一个柳条筐，又钻进了菜园子。茄子、黄瓜、辣椒、芸豆、西红柿，芹菜、生菜、香菜等，她很快摘满了两大筐，又拿来一沓塑料袋，将每样菜都分成四份，分别装进塑料袋里。

各种小菜在地头堆成了山。张婶的笑容爬上了眉梢，从衣兜里掏出手机，在数字键上熟练地按下十一位数字，便打了出去："小芳，明早去车站接菜！妈给菜都装好了，茄子、黄瓜、芸豆……"

还没等张婶说完，小芳便打断了她的话："妈，我这两天正忙着呢，没时间去车站！那些菜您留着自己吃吧！"

张婶说："这菜没农药，都摘下来了，不吃就坏了。"

小芳说："妈，城里不缺菜，买菜也不贵，我还有一个客户，先挂了啊！"

张婶又给其他三个孩子打了电话，这个说忙，那个说出差在外，没一个要蔬菜的。

挂电话的嘟嘟声，让张婶收回了笑容，她失落地坐在小板凳上，望着这一堆蔬菜发呆。小麻雀叽叽喳喳绕着张婶飞，她望着小麻雀，叹口气说："长了翅膀都飞走了，都不想回来喽！"

张婶发了一会儿呆，提了两袋菜去隔壁于大娘家。她轻轻推开大门，见于大娘坐在院子里，也对着一筐菜发呆。张婶话到嘴边又咽了回去，这才记起，于大娘这一年一个人过，那些菜更是吃不完。

张婶提着菜又悄悄退了出来，回家一股脑儿倒在地上。正愁眉不展时，她瞥见了墙角的冰柜，脸上又露出了笑意。张婶将这些菜分类蒸了，一袋袋冻在冰柜里，准备送给孩子们冬天吃。

两天后，女儿小芳打来电话说："妈，我们在城里给您和爹买了楼房，过几天就接你们来城里住。"

张婶说："我不去，住不惯，再说也不能丢下菜园子。"

小芳说："我给钱买菜，那菜园就扔了呗！"

张婶气鼓鼓地挂了电话，对老伴说："只要我还有一口气在，就自己种菜吃，坚决不进城！"张婶说完扭头去看窗外，见树上的小麻雀不见了，凑到窗前一看，正在垄台上啄吃白菜种子。

张婶冲麻雀们吆喝了一嗓子："再敢偷嘴！"便一路小跑，轰走了小麻雀，然后扯一大块塑料，一垄一垄盖上，拍拍手上的泥土说："看你们还咋偷！"

麻雀们没了可吃的种子，又飞到树上嬉闹去了。

傍晚时，厚密的云层压下来。张婶背着手，微驼着背，在菜园子里来回巡视。几滴雨落下来，噼里啪啦砸在那几垄塑料上。

张婶又赶紧一垄一垄掀开了塑料布，高兴地说："下吧！下吧！快点发芽！等他们回来，就能吃到秋白菜了。"

"咔嚓"一道闪电划过，小麻雀"轰"地一下散开，躲到树叶里去了。

杜二嫂的春天

杜二嫂是河湾村的养鸡专业能手，连续几年都盈利，有几户同村的人受她的启发，先后也办起了养鸡、养羊、养林蛙基地，收益也不错。

杜二嫂人长得白净，一双丹凤眼，除了不够泼辣，怎么看都有点像《红楼梦》里的王熙凤。她读过高中，虽说当年没考上大学，但有知识有魄力，在河湾村也算人中凤了。

村里富裕的人家，大多去城里买了楼房，唯独杜二嫂不肯去城里。她说城里有雾霾，自己又住不惯，也离不开土地，有地才算有家！气得丈夫石柱子说她是穷命鬼，少见的隔路种！为这事没少跟她吵架。

刚一开春，石柱子又张罗去城里买房，杜二嫂死活不同意。她知道石柱子小心眼，便趁他出门办事那几天，将家里占地五六亩的养鸡场偷偷拆掉了。

这件事对河湾村的人来说，无异于一则爆炸性新闻。有人说，这女人太败家了！也有人说这女人太傻，高铁眼看着就修过来了，如果幸运的话，土地被征用，一定会给不少补偿款，比养鸡合算多了。

石柱子从外地回来，见养鸡场没了，惊得一屁股坐到地上，对着空地大哭，接着大骂，骂累了，才冷着脸去找媳妇算账。

石柱子见了杜二嫂，便指着她的鼻子说："就没见过你这样败家的女人！跟着你没日没夜地干，刚赚了几年钱，寻思能去城里过上好日子。可你脑袋一热，也不找我商量，好好的养鸡场，背着我就给拆掉了，这是不想过好日子了。"

杜二嫂也不示弱，掐着腰说："明知你不同意，还商量个啥！这养鸡场是我一手办起来的，想咋拆就咋拆，你管不着！"

石柱子立刻火冒三丈："好你个臭婆娘！简直不拿豆包当干粮，我马上出门打工，你在家随便折腾去吧！"

杜二嫂也不放脸："我咋折腾也是为了这个家，腿长在你身上，爱走就走，最好别回来！"石柱子沉默了，扭头便去收拾了行李，气冲冲离开了家。

石柱子走后没几天，杜二嫂将孩子送回了娘家，也悄悄离开了河湾村，说是到外地学习去了。一个多月后，村里便有人说，杜二嫂回来了！还带了一大袋子草籽和花种。

山上的桃花杏花依次开放时，杜二嫂开始忙碌起来了。只是别人忙着种地和养殖，唯独她把自家那几亩地平整了，分出几个区域：菜园、果园和花园。然后便种菜种草，移栽上了葡萄和其他果树。

种菜和移栽果树，谁都能理解，可在平整肥沃的土地上种草，在河湾村还是头一回，村里人都说杜二嫂一定是脑子坏掉了。邻居胖婶见她在地里种草，实在看不下去了，便对她说："大妹子，这好好的一块地，你不种粮食也就罢了，干吗还要种上草？看着都让人心疼，秋天能打不少粮食呢。"

杜二嫂站起身，擦了擦额上的汗珠，笑着说："胖婶儿，您不用心疼，种草有种草的好处！还剩一些草籽，送给你，也跟着我种草吧。"

胖婶吓得连连摆手说：“俺可不种那玩意儿！咱庄稼地里就怕有草，年年打药锄草都来不及，你还种草？疯了吧！”胖婶说完，生怕再给自己草籽，挪着小碎步，急匆匆跑掉了。

杜二嫂望着胖婶的背影，哈哈大笑，笑了一阵子，想到该死的石柱子，撇下自己和孩子不管不问，一个多月也没一个电话，眼泪又扑簌簌掉了下来。

别人都农闲了，只有杜二嫂不闲，又在草地上栽花。这边是剑兰、五月梅、刺梅、合白菜、野百合，那边是步步高、长寿花、非洲紫罗兰、夹桃花、刺玫瑰，另一边是玻璃翠、串红、黄菊、喇叭花……

杜二嫂栽花与众不同，她是事先画了图纸的，高低、颜色搭配，都经过了深思熟虑，而且都有自己独特的形状。

等到花开时，杜二嫂家经常挤满了人。村里的女人都爱来看花，说这里美得像城里的花园。为了方便大家赏花，杜二嫂便在园中小径边安了几个长凳。

第二年春天，高铁修到了河湾村附近，这里的交通便利多了，只是没有占地。但河湾村的温泉被政府开发成了旅游景点，河湾村一时间便热闹起来了。

杜二嫂不声不响，专心管理她的几亩地，还做了一个精致的木牌，挂在园子门口，上写“杜家草堂”。其实远看过去，就是一家现代版的别墅。

半年后，“杜家草堂”突然对外开业了！泡完温泉的游客，都喜欢来这里赏花休憩，亲自采摘绿色蔬菜，吃一顿东北纯正的大铁锅，还免费品尝葡萄等水果。村民们这才恍然大悟，不得不敬佩杜二嫂，说她是真有眼光。

年底时，石柱子扛着行李从外地回来了！杜二嫂见了他，那张白净的脸笑成了春天里的一朵花。

涨　水

江二开着手扶拖拉机，要去镇里买水泥，等他突突突开到江边时，一下子傻了眼，浑浊的江水栽着跟头从上游翻滚下来，还没等他跳下车，山洪已经扑过来，瞬间淹没了他的拖拉机。

江二慌忙屏住了呼吸，双手紧紧握住扶手，才算没被这股洪流冲走。

浪头过去之后，江水逐渐平稳下来，但岸边的水已加宽了十多米。江二爬到后面的车斗上站好，那水有齐腰深。

江二惊恐之余，深吸了一口气，见不远处的吊桥也惨遭厄运，靠近岸边的桥板已被冲毁，横七竖八从江面上飘下来。

江二皱了皱眉，心疼地自语，上游一定下暴雨了，这修吊桥又要一笔钱！他见太阳已经偏西，那车一时半会儿又打捞不上来，便跳下水游到了岸边。

走到村口时，江二撞见正在刷车的胡三。胡三望着他浑身湿漉漉的衣服，打趣说：“村长，瞅你这狼狈样，是去江里洗澡了，还是掉水里了？”

江二窘红了脸说：“穿衣服洗澡，凉快！”

胡三敲一敲身边的轿车说：“看我新买的车咋样？你也买一辆吧！哪有村长开一辆破拖拉机四处乱跑的，有失身份！”

江二看了看车，撇撇嘴说：“俺可没那闲钱！”说完转身就走。

胡三望着江二远去的背影，自语道：“我不就是没竞选上村长吗？你混成这模样还跟我装！”

第二天一大早，江二又去了江边，暴涨后的江水已经回落，水位下降了不少，也清澈了许多。江二又爬到拖拉机的车斗上，见不远处有一辆车开过来，赶紧脱下自己的半袖，拿在手里使劲挥着喊：“别过来！水太深！”

司机看见了他，特意过来察看了一番，才调转车头回去了。

江二刚想回村找人修桥，见一辆崭新的轿车开了过来。他一眼认出那是胡三开的新车，便挥动着衣服喊：“别过来！水太深！”

胡三打开车窗，认出站在水里喊话的是村长江二，心里不大高兴，嘟囔了一句：“当个破村长整天瞎指挥，我今天还非开过去不可，溅你一身水，看你还敢跟我装不？”

胡三这样嘟囔着，便用力一踩油门，那车正对着江二飞速冲过来！

江二站在车斗上愣了一下，吓得拼命喊：“胡三，你真不要命了！”眼见着那车冲过来，一下子没进江水里。

江二顾不上想太多，跳下拖拉机的车斗，从水里摸出一块有棱角的石头，用力砸开车门，将胡三从车里拽了出来。

两个人气喘吁吁上了岸。江二气得铁青着脸问，没听见我喊话吗？不让你过来，你还特意加了油门，不要命了！

胡三红了脸，苦笑着说：“谁知你是站在车斗里！从远处看，那水刚没过你的膝盖，我这车底盘高，不信邪，更不愿意听你指挥，所以就冲过来！”

江二无奈地说："你整天琢磨怎么胜过我，有用吗？你看那吊桥，心里多装装咱村的人吧！"江二说完，扭了扭湿透的衣服，回村找人修桥去了。

胡三独自反省了一会儿，看见不远处开过来两辆车，他急忙爬到拖拉机的车斗上，脱下上衣，学着江二的样子挥动手臂喊："别过来！水太深！"

胡三那件红色半袖在水面上空挥舞着，远看过去很像一面迎风招展的旗帜，他第一次找到了当村长的感觉。

追月亮的女人

唰啦，唰啦，啪，咚。腊梅踮起脚尖，站在玉米地的垄台上，左手握住玉米秆，右手用力一掰，啪，一棒掰下来！咚，扔到脚下的玉米堆上。

一轮圆月被浮云咬去一块，挂在头上，追她脚下的影子。月色很淡，薄纱一般，裹住了这一片玉米地。唰啦，唰啦，啪，咚。腊梅不知掰了多久，才吁一口气，抹一把汗珠，抬头看一眼月亮，周围出奇的静。

咕咕，咕咕，半山腰的树林里突然传出一阵鸟叫。腊梅的心一紧，竖起耳朵，只听见苞米叶子的唰啦声和自己心跳的声音。腊梅摸摸胸口，暗示自己：别怕，再加一把劲！

腊梅！腊梅！一阵熟悉的声音飘过来，越来越近。腊梅仔细听了听，一阵暖意涌上来。是他！腊梅连忙钻出玉米地喊，在这儿呢！

腊梅从月色里辨出男人一瘸一拐的身影，便问："你咋来了？"

男人说："我，我来接你回家。"

"就你这腿脚，还来接我，万一摔倒可咋整！"

男人说："你怕落后，也怕黑。不接你，你能一直掰到天亮。"

腊梅的脸热了一下，说："掰到天亮咋了！这可是我央求队长半天，好不容易给的。掰完这块地，能给加好几个工分呢。"

男人的眼睛热了一下，酸涩地说："挣工分也不能这么拼命啊。"

腊梅问："你走了多久？孩子睡了？"

"睡了，我腿脚笨，摸到这里有半个时辰。"

"死鬼，你把孩子一个人丢在家，要是哭闹了可咋整，赶紧回吧。"

腊梅扶着他到家时，鸡窝里传出几声不安分的鸡啼，估摸天快亮了。

腊梅躺在土炕上，感觉整个身子累散了架，闭上眼睛，眼前全晃悠着枯黄的玉米叶子。小莲醒了，咿咿呀呀哭。腊梅赶紧把她搂在怀里，轻轻拍了起来。

男人说："你眯会儿吧！白天还得下地干活，都是我的病连累了你。"

腊梅说："不怪你，是我命不好。"说完就沉沉地睡了。梦里，她看见小莲长大了，正在水边的河堤上疯闹。"小莲，你小心点！"扑通，小莲掉进了水里，身子眼看就要没了进去。"小莲！救命！"腊梅拼命地喊，一下子从梦中惊醒。

"小莲，你可吓死我了。"腊梅把正在熟睡的小莲搂在怀里。

男人也被惊醒，对腊梅说："这孩子还以为养不活呢。没想到，才三个月，真胖了不少。"

腊梅说："别看她身子弱，我一定把她拉扯大。"

第二天上工时，队里还在抢收。腊梅挥着镰刀割地，吃力地跟在后边。别人都早到了地头，队长回头看了看，便喊，过来几个人，帮腊梅接接垄。

腊梅喘口气说："不用，我自己来。"

队长说："你这女人，太要强了。"

腊梅说："我不是要强，是命硬，从小就克死了娘，如今他又半身不遂。要不是中途得回趟家喂孩子，我才不会落后呢。”

队长叹口气，又摇摇头，不语。

月亮升起时，腊梅又去了那块地。她追着头顶的月亮，月亮追着她的影子。哼胡，哼胡，腊梅听见猫头鹰的叫声。腊梅喊了一句：“你瞎哼胡个啥，啥事能难倒我！”这一次，腊梅没害怕。唰啦，唰啦，啪，咚！掰到月亮累了，腊梅才回家。

整个秋天，腊梅都在追着月亮跑。每次看见小莲冲她笑，她便不觉着累。

秋去冬来，那夜没有月亮，只有一场大雪，他心梗突发，撇下她们母女走了。腊梅抱着小莲，跪在他的身边，半天不语，脸上挂住两滴冰冷的泪珠。

那个冬天，腊梅又学会了赶牛车，独自去山上砍柴。队长见了她，说：“腊梅，给你介绍一个男人吧。”腊梅坚决地摇摇头：“我命硬，把他克死了，不想再连累别人。”队长叹口气说：“你啥事都太要强了。”

腊梅笑了笑说：“我长一双手，干吗依赖别人。”

二十年后，小莲长成了水灵灵的大姑娘。小莲出嫁那天晚上，月亮挂得老高，腊梅的心痛了再痛。那天晚上，腊梅再次拿上镰刀，到地里追月亮，月亮追着她孤独的影子。

又一个秋天，腊梅站在月亮里，几丝白发被秋风高高地吹起。小莲进院便喊：“妈，我回来了！”她抱住腊梅说：“妈，这些年让您受苦了，您咋不早说，我就是那个养不活的弃儿。”

腊梅皱皱眉：“瞎说啥，你是我的亲闺女。”

小莲抹着眼泪说：“您永远是我亲妈。”

腊梅笑了，笑到眼角的皱纹里。那枚月亮也笑圆了。

山　猫

山猫不是猫，是村里人送给他的外号。姓李，个子不高，但精明能干。

山猫有九个孩子，秋后生产队分下来的粮食，从来都不够吃。山猫听人说，黄鼠狼的毛皮很值钱，还有人收购，便在山前屋后转悠了好几天，摸清了黄鼠狼出没的行踪。回来后，叼了老旱烟袋，坐在院子里琢磨了一阵子，连夜做了十几个暗拍子，悄悄放在黄鼠狼出没的地方。

这种暗拍子，是用木板、铁钉和细铁丝拧成的。只要黄鼠狼碰上了它，立马被牢牢夹住。山猫隔两天去巡视一次，每次都能拎回来一两只。他把皮毛换了钱，供孩子读书。剩下的肉，听说能预防和治疗恶疮，便留下来给孩子们吃，有时送给街坊邻居治病用。

后来山猫又学会了做带暗销的木匣子。这种木匣子设有暗器，只要黄鼠狼钻进去，盒盖便自动关闭。时间久了，山猫练就了一双火眼金睛，只要看见黄鼠狼的踪影，他便能找到它们的出口。有时他就蹲守在出口处，把宽大的袖口张开，那黄鼠狼竟然直接钻进他的衣袖里去了。

村里人打趣他说：“你打死那么多黄鼠狼，也不怕它们来找你报仇？”

山猫毫不在乎说：“不换几个钱花，我的孩子吃啥穿啥？”

等到落了雪，山猫便去山上搜寻动物的脚印。观察久了，他看一眼脚印的形状和深浅，就能识别是哪种动物留下的。山猫便开始下套子，追野兔，捉獾子，套野鸡。

山猫不仅会下套，也会使猎枪，还是神枪手。

那年冬天落雪后，山猫又准备上山打猎。山猫去找大生子的爷爷，对他说：“前几天，我在黑瞎沟发现了几只傻狍子，咱们找几个人一起去围猎，中不？”

大生子的爷爷点头说：“中！咱俩做枪手。”

山猫领着五个人上了山，仔细辨别了雪地上的脚印，在山林里转悠了大半天，才发现了一只肥胖的傻狍子。

山猫和大生子的爷爷一左一右守在山口的两边。大生子和另外两个人在后面围成了扇形，追撵那只傻狍子，很快撵到了山口。只听“砰！砰！”两声枪响，傻狍子应声倒地。

五个人迅速围拢了过来，见那只傻狍子浑身抽搐着，眼里竟然流下了大颗的眼泪。大生子爷爷蹲在地上，轻轻按了按傻狍子的肚子说，怪不得这么肥，原来肚子里还有一个。

五个人望着雪地上鲜红的血迹，都低头沉默了。大生子的爷爷吸了一袋烟，把手里的那杆土枪用力磕在一块巨石上，那杆枪顿时断裂成两截。他拽上大生子说：“走，跟爷爷回家，咱家以后不许任何人打猎！”

山猫望着祖孙俩远去的背影，对另外两个人说：“把它埋了吧。”山猫上山打猎空手下山，还是破天荒头一回。

第二年冬，邻居的孩子患上了冻疮，两只小手肿得像馒头似的。孩子的母亲听说獾子油能治冻疮，便来央求山猫捉獾子给孩子治病。

山猫犹豫了很久，还是点头答应了。他去山上转悠，发现了两只獾子。山猫跟着脚印追，见它们钻进了半山腰的石洞里。

山猫看了看周围的地形，在洞口放了一只铁丝套，又采来几把干松枝，捆扎好后点燃，扔进了石洞里。山猫了解獾子的习性，冬天藏到洞里，只要用烟熏，很快就会钻出来。可他这次在洞口等了大半天，也没见到一只獾子的踪影。

山猫好奇，便钻进了石洞。他爬行一段路，看见十几只獾子，瞬间分散跑开了。眼前足有六七个洞口，怪不得烟气进不来。山猫沿着一个洞口继续往里钻，走了一段，又看见了十几只。

山猫喘了一口气，不知这洞底有多深，有多长。他不敢再往前走，便转身回来，却发现眼前的洞，洞洞相连，像一座迷宫。

山猫迷路了。爬一段路，还是看不见洞口的光亮。山猫绝望了，想自己是出不去了，就在这时，他看见一只獾子出现在他的面前。

山猫追着那只獾子走。那只獾子跑跑停停，竟然把他引出了洞口。山猫爬出了石洞，躺在洞口半天不能动。等他舒缓过来，才发现那只引他出来的獾子，已经死在他事先放的铁丝套里了。

山猫第一次流了泪，把那只獾子送给了那孩子的母亲。从那以后，山猫不再上山，也再不允许别人叫他山猫。

复　仇

齐老憨穿过几片松林赶过来时，旺财领着六个同伴正伸长了舌头蹲在一旁喘粗气，守护着它们身边这头庞大的猎物。

一头黑褐色的母野猪被旺财追得筋疲力尽，伸开两只前蹄，趴在雪地上几乎一动不动。

齐老憨的眼睛一下子亮了起来，心里估摸着这头野猪足有三百多斤重。

旺财！好样的！齐老憨对旺财伸出了大拇指。旺财听见主人的夸奖，缓慢走过来，贴着齐老憨的裤腿蹭了蹭。

十二头！第十二头！齐老憨围着这头野猪转了一圈，有点按捺不住内心的喜悦，从腰间拽出一个酒葫芦，扬起脖子喝了两口，然后抹了抹嘴角。

旺财摇了摇尾巴又蹲下了，露出了贪婪的目光。

齐老憨撇下酒葫芦，从腰间拔出一把尖刀，在阳光白雪的映射下，瞬间闪过一道寒光。齐老憨缓缓弯下身，猛地对准野猪的腹部刺下去。

齐老憨拔出刀子，一股鲜血顿时流了出来。野猪疼得大叫一声，一跃爬起，直奔齐老憨奋力撞过来。齐老憨感觉一股巨大的力量横扫过来，整个身体便弹到了树上，又弹回到雪地上，像一棵被拔出了树根的老树。

齐老憨感觉右腿一阵剧痛，心想，不好！便声嘶力竭喊，旺财！旺财！上！咬它！

旺财不知是听见主人的命令，还是见主人受了伤，起身向前一跃，直奔那头野猪扑过去！其余六条猎狗也跟着围拢上去。

野猪愤怒了，向前一蹿，躲过了旺财的攻击，又奔齐老憨撞过来。野猪那两颗獠牙紧紧咬住了齐老憨的左腿，头部奋力一拱，又一次将他横着推到了一棵老松树下。齐老憨的腿部被咬住，瞬间流出了汩汩的鲜血。

旺财号叫了两声，从那头野猪的身后扑上来，撕咬着野猪的后腿。其余那六条猎狗见状，也从不同方向撕咬过来。野猪全然不顾，把整个怨气都撒在齐老憨一个人的身上，又一次用力撞过来。

齐老憨一阵剧痛，拼尽了力气喊："救命啊！救命啊……"

齐老憨被人救下山时，已经浑身是血，昏迷不醒了。旺财瘸了一条腿，腹部被野猪咬伤，几天不吃不喝后，便气绝身亡了。

齐老憨躺在病床上昏迷，脑子里一片混乱，几乎全是那头母野猪狰狞的面孔。

一年前的秋天，齐老憨带着旺财来到自家种植的林下参林地时，差点被当场气死。三十多亩的林下参，被一大群野猪拱得一片狼藉，仔细算了一下，少说也损失几十万元。为这事，齐老憨的媳妇大病了一场，几乎丢了半条命。

从那天起，齐老憨就开始了一场复仇计划。他买来了一些细钢丝，连夜做了几十个野猪套，绕着林地拉上了铁丝网，特意留下几处缺口，将野猪套藏到隐秘处。

不到一个月的时间，齐老憨就利用野猪套先后抓到了四头百十来斤的野猪。齐老憨把这几头野猪偷偷卖给了猪贩子，也算是解了一时心头之恨。可从那以后，野猪再也不上当，野猪套也不管用了。

齐老憨又琢磨了几天，先后买来了六条猎狗，旺财自然便成了头领。齐老憨经常带着几条猎狗在山林里四处转悠。那是一个雨天后，齐老憨走走停停，沿着一行野猪蹄印仔细察看，在一片松林里发现了一头野猪。

齐老憨解开套在旺财脖子上的绳索，对它打了一个手势。旺财立刻明白了主人的意图，带领六条猎狗撒开腿便去追，一直追到那头野猪筋疲力尽。

齐老憨从山下招呼几个人来，很快就将这头野猪解决掉了。旺财它们也因此得到了猪下水的奖赏，美美地吃上了一顿饱餐。

齐老憨采用同样的方法，很快又先后抓到了六头大大小小的野猪，都被他偷偷卖掉了。

可齐老憨没想到他追捕的第十一头野猪，竟然是只有三十几斤重的小野猪。旺财它们把小野猪咬死，叼到他面前请赏时，齐老憨的心也莫名地难受了一下。就在那时，齐老憨发现了跟在旺财它们身后的那头母野猪，就在林子边远远地望着。

等齐老憨让旺财去追赶时，那头野猪就不见了踪影。齐老憨做梦也没想到，今天撞见的这头野猪是那头小野猪的母亲，它是故意装作累倒在地，借机复仇来的。

齐老憨在医院里醒来时，方知自己的两条腿缝了二百多针，险些丢了性命，还被罚了款。他流着眼泪不停地说："都怪我，不该赶尽杀绝啊！"

家　谱

广汉几口酒下肚，脸上便有些涨红，话也比平时多了几倍。他对 60 岁的弟弟广荣意味深长地说：“过了今晚就 84 了，人这辈子啊，还能活几个 84 呢！没有了，没有了。”广汉说完这几句，又喝了一口酒，眼角便有些潮湿了。

广荣望着哥哥广汉一张满是皱纹的脸，也感慨地说：“没病就好，活着就是咱们的福气。”

广汉吐了一口酒气说：“人老了，再要强也得服输。腿脚都不利索，不服输行吗？想想咱们的祖辈，挑着两只大箩筐闯关东，让咱们在这里扎下了根，不容易啊。”

广荣说：“可不，老辈的故事咱们一天一夜也讲不完。”

广汉又喝了一口，抹了一把残留在嘴角的酒水说：“咱李家虽说祖上没啥荣耀的事，可也得让小辈们记住他们，人到啥时都不能没有根啊。现在开始，我讲一个，广荣你补充一个，让小辈们记住这些。”

广荣看了看儿子和儿媳，又看了看虎头虎脑的孙子小刚和乖巧的大孙女，有点为难，便对广汉说：“哥，吃年夜饭呢，咱们翻家底，是不是有点不是时候？”

广汉老人说：“啥叫不是时候？该翻翻这些了！等我们都不在了，小辈们还有谁知道过去的事呢？”

广荣沉默了一会儿，对九岁的孙子小刚说：“你过来，到爷爷这边，以后要记着，等你俩爷爷整理好咱这一支人的家谱，你得给传下去。”

小刚眨了眨眼问，爷爷：“啥叫家谱啊？”

广荣摸了摸小刚的头说：“家谱就是把咱李家这一支所有人的名字和经历的重大事件，按辈分都给写出来，留给你们和你们的后代。”

小刚说：“那多麻烦，我拿手机问百度，不就啥都知道了！”

广汉老人扑哧乐了。“乖乖，谁是百度？你让他来见见我这个老头子。咱祖辈经历的事，他全知道？小小年纪，就别整那洋景了，给我乖乖听着。”

小刚的爸妈听见他们的对话，在一旁差点笑岔了气。

广汉说：“别笑了，去把你们家里藏的那个铁盒子给我捧过来。”

小刚爸说：“那铁盒子都藏了十多年了，由爹严格保管着，谁也不让碰，里面到底装着啥宝贝啊？”

广汉看了看广荣说：“铁盒子呢？给孩子们看看吧。”

广荣说：“我这就去拿。”等广荣把铁盒子交给广汉时，广汉的脸色严肃起来。广汉从衣兜里摸出一把精致的铜钥匙，抖着手打开了那铁盒子，又里外打开了三层包裹，才掏出一本发黄而又厚实的相册来。

翻开第一页，广汉指着一张老照片激动地说：“你们过来看，她姓常，一个了不起的女人！她是我的奶奶，你们的太奶奶，小刚的曾祖奶奶。”

广荣说：“咱奶奶确实了不起。爷爷去世得早，撇下一大家子人，孤儿寡母的，她竟然把这个家撑起来了，还开了油坊，置了田地。”

广汉伸出大拇指说：“奶奶有魄力，如果没有她，就没有咱们后辈的今天了。咱爹就是受奶奶的影响，才深明大义，帮抗联搜集物资和情报，多少次出生入死。”

广荣叹口气说：“抗美援朝时，咱爹又带回来那么多勋章。可谁承想，后来还是含冤而死啊。”

广汉和广荣说到这时，眼泪又到了眼角。老哥俩一起倒了一杯酒，敬给了爹。

广荣指着另一张照片说：“没有咱爹，就没有我的今天。”

广汉又翻了一页相册，指着照片上的另一个漂亮女人说：“你在挨饿的年月能活下来，还要感谢她，你善良的嫂子。你没奶吃，她就嚼奶布，熬米粥，一点点把你喂大。我儿子就在那年得了疟疾死了，你嫂子就把你当作亲生儿子一样看待。”

广荣泪流满面说：“大哥，别说了，嫂子的恩情我忘不了。”

广汉说：“可惜啊，她还是早早离开了我，只剩我一个孤老头子了。”

广荣说：“大哥，你不会孤单，别看我是咱爹捡回来的，你在我心里，是这世上最亲的人。以后你就留在我家住，让儿子帮咱们把咱这支人的家谱整理出来，还锁在这铁盒子里。”

老哥俩一边翻着相册，一边讲家里的故事，不知不觉一个时辰过去了。讲到最后时，老哥俩都已经老泪纵横。

小刚趴在大爷爷广汉的腿上睡着了。广汉的两大颗眼泪落到小刚的脸上，凉冰冰的，一下子惊醒了他。

小刚揉了揉眼睛，脆生生地喊：“大爷爷，您千万别哭，以后我陪着您。”

广汉笑了，又喝了一口酒说：“好，好，我有这样的乖孙儿，咱这支人的家谱啊，一定会传下去。”

好日子

得知小江要领新媳妇回家过年的消息，最高兴的就是奶奶。她几乎天天到大门口去站一会儿，逢人便说，大孙子要回来喽！

腊月二十八，出租车开到家门口。奶奶听见了车笛声，竟然顺着板凳爬到窗台上，见孙子和孙媳妇下了车，乐得差点掉下来。

婆家人热情好客，让小芸颇受感动。小芸的娘家在重庆，还是第一次到东北，见啥都觉着稀奇，问题也特别多。

小芸见婆家的房子，青砖红瓦，宽敞气派，便偷着问小江："都说东北有三大怪，窗户纸，悠车子，大烟袋啥的，在哪儿呢？我咋一个也没看见？"

小江笑着说："都啥年代了？谁还用那些？那说的是过去。"

腊月二十九，小江随爸妈去山里上坟。房门不知啥时打开了，从外面闯进一条大黄狗，围着厨房的案板摇着尾巴转圈。小芸见了，怕黄狗把案上的猪肉叼走，急忙找出一根木棒，边赶边喊，快出去，别把肉叼走了！

大黄狗晃晃头，腾地站起来，两只前爪搭在案板上，顺势叼了一块肉，转身就逃！小芸拎着木棒在后面追：“孽畜！大过年的，还敢偷肉吃。”

奶奶站在院子里，见一条大黄狗从身边逃了过去，便喊：“傻媳妇啊，你快去把狗追回来。”

“那狗偷肉，为啥还追回来？”小芸想奶奶一定是糊涂了。

奶奶说：“你懂啥！老话说，过年进狗，越过越有！越过越旺！咱家的好日子来了。”

小芸听了奶奶的话，扑哧一声乐了：“奶奶，那是迷信，咱不能信。”

奶奶没说话，径直进屋去了。

吃过年夜饭，小夫妻给爸妈和奶奶先后拜年，又送给奶奶一个红包。奶奶接了红包说：“要记着，无论你将来当多大的官，走到哪，都不能丢了咱祖宗留下的规矩和习俗，这叫不忘本。”

小江说：“奶奶放心，这里是我的根，说啥也不敢忘本。”

吃过年夜饭，要守年。小芸陪着家人看春晚和摸牌，熬到凌晨两点，眼皮直打架，才回屋睡了。

小芸睡得正香甜时，听见奶奶喊：“孙子媳妇，你快点起来！别人家都放鞭了，初一的饺子要抢在前边吃，越早越好。”

小芸被奶奶嘟嘟囔囔的话弄醒了，打着哈欠坐起来说：“奶奶啊，您起得可真早！小江呢？”

奶奶说：“小江被我喊出去放鞭了，马上就要吃饺子了。”

“还吃饺子啊，这么早！”小芸无奈地穿上衣服。

奶奶看着小芸，突然就大声喊：“孙子媳妇，起来了？”

“奶奶，才五点半，真不想起来。”小芸又打了一个哈欠说。

“大孙子媳妇，小日子起来没？”奶奶好像没听见她的话，又大声问。

小芸有点发蒙，就问奶奶：“小日子是谁啊？我想再睡一会儿。”

奶奶没回答，瞪了小芸一眼，转身就往外走。

小芸不知咋回事，困得不行，摇摇头又躺下了。

隔了一会儿，小江跑进屋，身上还带了一股寒气。“小芸，快起来！老家这边的规矩，你再睡下去，奶奶和爸妈都要生气了。”

“啥规矩呀？咋还不让人睡觉呢！”

小江说：“媳妇，我让奶奶再进屋喊你一次。如果奶奶问你，小日子起来没？你就回答三遍，起来了，起来了，小日子起来了！记住没？”

小芸听明白了，捂着肚子笑起来。

小江也忍不住笑了：“小姑奶奶，我也没办法，这就叫入乡随俗，求你帮我演好这出戏。别的我不怕，就怕奶奶被咱气病了。”

小芸伸了伸舌头，责怪小江说：“都怪你，你咋不早说，我哪里懂你们这里的规矩啊！你去请奶奶，我这次一定哄她老人家高兴！”

小江给奶奶赔了不是，又哄奶奶进了屋。奶奶见孙子媳妇坐在炕上，又大声喊了一句：“小日子起来没？”

小芸连忙正了正衣襟，一本正经说：“奶奶，小日子起来了，咱家的小日子起来了！咱全村的小日子都起来了！这些啊，全是托奶奶的福气！”

奶奶听了小芸的话，立刻就笑了，夸奖说：“你看看，咱孙子娶的媳妇就是招人稀罕，说得多好啊。”

小芸和小江对视了一眼，也扑哧一声都乐了。

再后来，奶奶逢人就夸孙子媳妇：“那闺女长得白白净净的，一双水灵灵的大眼睛，见人就笑，也会说话，对俺孝顺着呢！俺啊，就等着抱重孙子了！你们看，咱村今年的变化多大，几乎家家都住上了新房子，俺家的好日子还在后头呢！”

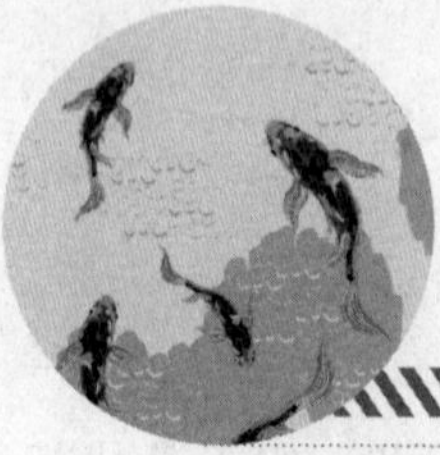

第四辑　遥远的岁月

神医张

神医张本不姓张，祖籍河北，祖上几代都是有名的接骨大夫，而且只传男不传女，祖训是“扶危济困”。他的父辈不知得罪了哪位达官贵人，携着家眷隐姓埋名，逃到这僻远的桓仁县城。

神医张中等身材，其貌不扬，却有一副侠骨柔肠。有钱有势的，他收钱不误，穷人讨饭的，他分文不取。凡是有个腿断胳膊折的，他卷起袖子捏吧一阵子，只听“咔吧”一声，骨头恢复原位，再给配上几副接骨药，养上个把月，准保恢复成好人一个。

几位抗联战士巧妙化了妆，连夜将受了伤的“青山好”送进了县城，费尽周折才找到了神医张的药铺。

神医张仔细打量了几位不速之客，从装束打扮和举止上，已经猜到了八九分，便一拱手说：“几位从哪里来？”

一位战士上前恳求说：“张大夫，我们是山里的老百姓，麻烦您一定给他治好，只要他能站起来，一定筹钱给您！”

神医张微微一笑说：“你们先说说他是咋受伤的？对身份不明的人我

拒不接收。”

这位战士看了看担架上的“青山好”，见他轻轻点了点头，才肯说：“那就不瞒您了，我们是抗联的人！昨天在密林里执行任务时，队长被一队小鬼子包围了，并追到了山崖边。小野想要生擒队长，没想到却被队长拦腰抱住，一起跳下了悬崖。

“当我们救起队长时，他应经疼得昏迷了过去。密营里的卫生员给他检查后，说是把腰摔断了！山里缺医少药，我们没有办法，只好化妆进城来找您。”

神医张微微点点头，指着担架上疼得满脸是汗的“青山好”说：“把他放下吧！”只见神医张走到他身边蹲下，两手托起他的后腰，先是慢慢揉捏了几下，然后突然间双手一用力，只听“咔吧”一声响动，两手再轻轻推拿一番，才从他的后腰下拽出两只手来。

说来也是奇怪，那声响动之后，“青山好”立刻觉着腰部不那么剧痛了，微微抬起头，双手抱拳，微弱地说：“张大夫，果然名不虚传！”

神医张淡然一笑，转身对几位战士说：“山里条件差，要想彻底治好，就把病人留在这里，我这里不宜过于吵闹，一个月后再来领人！”

战士们见他下了逐客令，用眼神征求“青山好”的意见。“青山好”点点头，一挥手，几位战士便离开了。

几位战士刚走不到一个时辰，药铺大门又被吵闹着敲开了。

神医张打开门一看，原来是一个胖翻译官带着几个日本兵，正抬着担架横在门口。胖翻译乜斜着一双眼说：“你就是神医张？小野队长进山剿匪受了伤，今天你必须给他治好，否则你这药铺就别想再开了！”

还没等神医张回话，他便强行进了药铺，将手枪往桌子上“啪”地一拍！

神医张面不改色，同样一拱手说：“长官，请把担架放下，我马上给病人，不，给小野队长治病。”

胖翻译官说：“小老儿你记住了，治好了给钱，治不好掉脑袋的干活！”

神医张低头不语，蹲下去同样捏揉推拿了一番，小野便杀猪了一般叫唤。胖翻译立刻跳起来，拿起桌子上的那把枪顶住了神医张的脑袋。

神医张头也没抬，没事人似的，只听“咔吧”一声响动，又舒缓了一会儿，小野微微睁开了眼，对着神医张伸出了大拇指：“呦西！大大的好！”

胖翻译这才将手枪收回腰间，对那几个日本兵说：“你们留在这里照看小野队长，不能有丝毫差错，你们地明白？”

几个日本兵齐刷刷打了一个立正，口里“嗨”了一嗓子，气得站在一旁的神医张脸都发白了。

胖翻译往外走时，才发现药铺里还躺着一位病人。他立刻警觉起来，拔下手枪悄悄走了过去，将那人身上破了洞的被单用力一掀，一股难闻的臭味扑了过来。他急忙捏住鼻子，对着担架上衣衫褴褛、脏兮兮的“青山好”骂了一句：“他奶奶的，原来是一个要饭花子。”便站起身，对他踢了一脚，气哼哼地转身走了。

神医张冲着胖翻译的背影笑了笑，吩咐手下的小伙计说：“赶紧给小野队长抬到里间软床上，千万不能让他受凉了！至于门口那个要饭花子，把他抬到那几块木板上就行了！”

担架上的小野听了神医张的话，连连对他竖起了大拇指。

以后的一个多月里，神医张在几个日本兵的严密监视下，给两个病人煎汤熬药，眼见病人一天天好了起来，也能下地轻微活动了。

中秋节那天早晨，神医张吩咐手下的小伙计，将要饭花子“青山好”抬到大门外，扔给他一根拐杖。神医张对他骂道：“我对你已经仁至义尽了，你又没钱给我，赶快滚吧！”

胖翻译也是那天开车来了，扔给神医张二百块大洋，接走了小野队长。

两个月后，人们才发现神医张的药铺关门了，人早已不知了去向。

后来人们听说“青山好”在密林里，又跟小鬼子打了几个漂亮仗。至于小野队长，变成了一个拄着拐杖的罗锅了，到处悬赏捉拿神医张。

五张煎饼

天快亮时，老张和媳妇大半夜嘀嘀咕咕的声音吵醒了十二岁的儿子铁蛋。铁蛋的肚子昨晚本来就没填饱，闻到从门缝里挤进来的煎饼的香味，肚子便咕噜咕噜叫起来。

铁蛋禁不住诱惑，从土炕上一骨碌爬起来，趿拉上鞋子，把门扒开一条缝，看见一筐煎饼放在锅台上，爹和娘围着煎饼也不知小声嘀咕些啥。铁蛋咽下了口水，抿了抿嘴唇，推开门喊了一句："娘，我饿了！"

张嫂听见铁蛋喊饿，抬头看了看老张的脸色。老张板着脸说："这些煎饼谁也不能动！你要是实在饿了，一会儿让你娘给你烀上几个土豆。"

铁蛋把嘴噘得老高说："那么多煎饼，为啥不能让我吃一点呢？"

老张吼了一句："啥也不为！不让你动就是不能动！"

张嫂瞪了他一眼说："你有话不会好声说啊！孩子那么小，他懂个啥？"

铁蛋觉着委屈，眼泪噼里啪啦往下掉。

张嫂把铁蛋搂在怀里说："你不懂，咱们在家好赖也能填饱肚子，大山里有那么多叔叔，为了让咱们早点过上好日子，拼了命跟小鬼子打游击。眼见天要下雪了，他们没有吃的，也没有棉衣过冬。这些煎饼都是送给他们的，让他们吃饱了肚子，狠劲打鬼子。等打跑了小鬼子，娘天天给你烙煎饼吃。”

铁蛋听得似懂非懂，点了点头，抹了眼泪说：“娘，我不要煎饼了。那，那他们要是受伤了，是不是更可怜？”

娘叹口气说：“要是受伤了，这大冷天，可不知咋熬呢！”

铁蛋眨了眨眼睛，很乖巧地回炕上睡觉去了。

老张小心翼翼守着煎饼，在家里待了两天没出屋。第三天晚上，天空飘起了雪花，天阴得好像扣上了一个铁锅底。

老张吃完晚饭就急匆匆出去了，快到半夜才回来。张嫂问：“联系上了？”

老张点头说：“今晚那个小野队长过生日，摆了一个二人转戏台，哨卡这边人少。”老张说完，把那筐煎饼一张一张装进布袋子，数了数说：“不对啊，明明是七十六张，咋少了五张呢？”

张嫂立刻紧张起来说：“倒出来，咱们再数数。”

张嫂和老张又认真数了两遍，确实少了五张。

老张说，我这两天一直守着，也不可能少啊！老张忽然想到了什么，大声喊：“铁蛋！臭小子，是不是你偷吃了！”

张嫂连忙说：“别喊了，铁蛋见你走了，就吵着要去他姥姥家住一晚。我寻思离家也不远，就让他去了！”

“一定是他，怕露馅，借口跑去姥姥家。从小看大，等我回来再找他算账。”

张嫂说：“孩子这边你就别管了，再耽误可就天亮了。”张嫂说着把一袋子煎饼塞给了老张，又叮嘱说：“路上小心一些，千万别出啥差错。”

老张说：“放心吧！山上有人接应。”

老张和另两个村民扛着煎饼，趁着夜黑，绕过了哨卡，悄悄摸上了山。等他们找到抗联几个战士时，天已经快亮了。

一个战士激动地说：“老乡，太感谢你们了！这真是一场及时雨啊！”

老张他们憨憨地摆手说：“谢啥谢，都是一家人。”

另一个战士说：“小宋都下山两天了，去联络你们找粮食，可现在也没音信，会不会牺牲了？”

老张慌忙问：“那他下山走的是哪条路？”

小战士随手指了指说：“他是顺着老秃顶左侧那条路下山的。”

老张说：“我们熟悉山路，回去时帮着找找。”

小战士连忙说：“老乡，拜托了，给你们添麻烦了。”

老张他们也顺着那条路下了山，等他们转到山下时，突然听见远处响起了枪声。

老张愣住了，停住脚步听了听，仔细辨别了方向。他们快速翻过一道山梁，见半山腰的一个窝棚内蹿起了老高的火苗。

等他们扑灭了火，老张发现窝棚下的沟塘里躺着两个人。他们快步跑过去，把人翻过身来。老张顿时惊呆了，他哑着嗓子喊：“铁蛋！铁蛋！你快醒醒！”

只见铁蛋儿身上有好几处弹孔，早已没了气息。

一个老乡摸着另一个人的鼻翼处，突然喊：“他，他还活着！”

活下来的不是别人，正是抗联战士小宋。小宋醒来后，从身后的布袋里掏出五张煎饼说：“这孩子前天在山下玩，意外碰见了我，见我腿上有伤，把我藏到了这里。昨晚又连夜给我送来煎饼，我没舍得吃，没承想今早碰见了搜山的小鬼子……”

老张没再说话，捧着那五张煎饼悄悄落下了眼泪。

栓子兄弟

大栓子肩上搭着一个破布袋，一步一滑，走在浑江结冰的江面上。他拧了一把快流到嘴边的鼻涕甩出去，还没等落地便结成了一条细细的冰柱。大栓子骂了一句："他奶奶的，这天儿嘎巴嘎巴冷，还让不让咱穷人活了！"他随后弯腰把两只手放进雪堆里搓了搓，又赶紧插进露出棉絮的宽大袖管里。一阵卷烟雪呼啸着迎面扑过来，沙砾一般，塞进嘴里，打在脸上，钻进了脖领子，呛得他一时睁不开眼睛。

大栓子连忙转过头去倒退了几步，像躲一场劫难，可脚下一滑，还是结结实实摔了一个仰八叉。他赶紧爬起来，再想往前走时，见脚上的一只棉鞋张开了嘴，还露出了半个脚指头。

大栓子又骂了一句："他奶奶的，这时运不济，喝口凉水都塞牙！若是再冻烂了脚指头，搭上半条小命，这趟就算彻底赔本了！"

大栓子二十五岁，他的家就住在这浑江附近的村子。大栓子的父母十几年前染了瘟疫，先后去了，只给他和比他小五岁的二栓子留下两间破旧的草房。十多年了，小哥俩相依为命，东讨一口，西借一口，勉强度日。三年前，大栓子便跟弟弟二栓子商议，咱们各自出去找点活路吧，不能这样靠着，说不定也能赚几个小钱。

大栓子便去了奉天城做了苦力，后来遇见好心人帮忙，又做了小本生意。三年来，他勒紧了裤腰带，东凑西凑，好歹攒了二十块大洋。就在大栓子揣上这二十块大洋准备回老家的路上，意外撞见了一小队鬼子在路上设立关卡，他们端着枪搜身，愣是把那二十块大洋全部给没收了。大栓子咬紧牙，恨不得上前跟他们拼命，可看见那泛着寒光的刺刀和架在地面上的机关枪，他只能忍气吞声。大栓子去当铺当掉随身衣物，讨来一套破了几个洞的棉衣，一路讨要回来。

天色阴暗得像一只黑锅底，大栓子咒骂着继续往前走，快到江心时，又一阵卷烟雪夹着哨音扑过来，很快在江面上形成十几个大小不一的旋涡。那旋涡卷起雪粒越旋越高，像索命的白无常在眼前摇晃。“呸！呸！呸！大白天活见鬼了！”大栓子冲着旋涡一连吐了几口，却增添了几分恐惧。他记得张大爷说过，走路遇见旋风，那一定是撞见索命的冤魂，你只要吐它几口，就会躲过去。

大栓子的脸被雪粒和寒风抽打得生疼，只好缩起脖子扭过脸等着哨音飘过去。大栓子再正脸看时，那卷烟雪和旋涡都消失了。他的眼睛却一下子锁定在前方几米远的江面上，他看见了一只脚倒插在冰窟窿里，附近到处都是嫣红的血迹。

大栓子倒吸了几口凉气，吓得魂飞魄散，扭头就跑。鬼呀！真他奶奶撞见鬼了！大栓子跑了十几步，脚下一滑，又摔倒在冰面上。那只张开嘴的棉鞋彻底分了家，鞋底甩出去老远。大栓子光着一只脚站起来，脚下的冰雪冻得他一阵钻心刺骨。大栓子想到了冰面上的那只脚，便壮了胆子硬着头皮返回来。

大栓子慢慢凑上前，见那只脚上是一只牛皮靰鞡鞋，又低头看了看自己冻得青紫的脚指头，便闭上眼睛用力扒掉那只鞋。只听“哗啦”一声，有二十几块大洋从那只靰鞡鞋里掉了出来，滚落在冰面上。

大栓子弯腰拾起大洋说：“他奶奶的，发大财了！”大栓子换上那只靰鞡鞋，揣了大洋，回身对那只脚一拱手说：“兄弟，对不住了！”就在他准备离开时，看见那只脚的脚底板上有一颗很大的黑痣。“二栓子！是二栓子！”

大栓子扔下肩上的破布袋，去拽那只僵硬的脚，愣是没拽出来，连忙跑到江面附近的人家，借来一把洋镐，把那个冰窟窿刨开。大栓子把破布袋撕成了条，拧成一股细绳，绑住那只脚，再用力拽。大栓子拽出二栓子时，累得一屁股坐到冰面上，见二栓子身上竟然有十多处刺刀的伤口。

大栓子痛哭：“二弟，这是哪个王八蛋对你下的毒手啊！”大栓子背上二栓子的尸体时，望见这附近还有几个冰窟窿，到处都是紫红的血迹，阴森得怕人。

大栓子在岸边背风处挖了一处雪窝，葬下了二栓子。等他回到村里时，天色已经伸手不见五指。

大栓子发着高烧，昏睡了三天三夜，等他醒来时，见张大爷坐在他身边说：“二栓子没了！村里许多小伙子都没了，都是城里那些小鬼子造的孽呀！”

大栓子红着眼睛说：“二栓子咋落到小鬼子手里了呢？”

张大爷抹着眼泪说：“你还不知道，二栓子是抗联上的人。他下山联系我，要买一些粮食。谁承想半路上撞见了小鬼子，二栓子借机脱下靰鞡鞋，把那些买粮食的大洋藏到鞋底下。小鬼子抓了我和二栓子，也抓了十几个路人，把我们押送到江边挖冰窟窿。我们在小鬼子的刺刀下，一个时辰后，刨出十几个冰窟窿。后来看见小鬼子押送过来几车人，才明白这是用来杀人的。二栓子眼睁睁看着许多好汉，都在小鬼子的刺刀下，被强行塞进了冰窟窿，最终还是没忍住胸中的愤怒，便喊了一句，

‘小鬼子，你们都不得好死！’二栓子是最后一个被小鬼子用刺刀挑死的，塞进了冒出汩汩鲜血的冰窟窿。小鬼子通知一些人去县城领啥良民证，谁承想，好几百人呀，不到半天时间，都被小鬼子填了江。”

大栓子把那二十几块大洋交给张大爷说：“您老替我把这还给抗联，我会给二弟报仇的！”从那天起，大栓子便从村子里消失了。

抗战胜利后，成为排长的大栓子突然间回来了！他捧着鲜红的军功章，默默放在二栓子的坟前。

鸡血糊糊

仁州地区有一位富甲一方的李员外，本名叫李元贞。此人能言善辩，也颇为正义。这天，他听说仁州城刚从京城调任来一位新县令，断案时收了一方昧心的银两，使蒙受冤情的人一时想不开，投河自尽了。李员外托了县衙内的关系，准备宴请这位张县令。

李员外费了不少周折，才得知张县令乃是京城富贾出身，花重金捐来的官位。这样的人几乎吃遍了山珍海味，大鱼大肉更不稀罕，这下可愁坏了李员外。

仁州地区山高林密，最贵重的莫过于貂皮和野山参。李员外翻来覆去想了一夜，也没想出啥好办法来，只好再次托人引荐，提了一件上好的貂皮和两棵足有八两重的野山参，亲自登门拜访。

两个人简单寒暄了几句，李员外便呈上礼品说："这是仁州地区的特产，敬请县太爷笑纳。今日冒昧登门造访，是想敬请县太爷明日到小的府上坐坐，也借机为您接风洗尘，不知您能否屈驾光临？"

张县令见了貂皮和野山参，眼睛亮了一下，哈哈一笑说："多谢李员外美意，可这礼太贵重，我不能收，也不能为此落下敛财的骂名，明天一定到贵府拜访就是。”

李员外心下高兴，便趁机又问：“不知县太爷想吃点啥，小的好早些准备。”

张县令叹口气说：“粗茶淡饭即可，万不可破费。不瞒你说，我母亲也是李姓，祖籍就在这仁州地区。外祖母后来也随母亲迁到了京城，我小时候吃过她老人家给家人做的一道菜，叫鸡血糊糊，那个味道真是好，到现在也忘不了。可自从外祖母去世后，几十年了，家里找了几个厨师，也做不出那个味道来。”

李员外说：“县太爷，不瞒您说，这道菜小的府上就会做，保你能品尝到正宗的鸡血糊糊，您就放心好了。”

张县令喜出望外地说：“那可是太好了！劳烦李员外费心了。”

李员外辞别时，特意将那礼品留下说：“您这里是清水衙门，都知您勤政爱民，小的跟您外祖母又是同姓，那就是真正的一家人。小的孝敬的东西，怎好再拿回去，敬请笑纳。”

张县令听得心里舒坦，便微微点头说：“仅此一次，下不为例。”

李员外从县衙匆忙返回府上，立即吩咐家里的厨子，一连杀了七只大红公鸡，接了半盆鸡血。

第二天，李员外亲自到厨房监督，指挥厨子，洗净了鸡肠子、鸡肝、鸡胗、鸡心等，放在案板上剁碎，再放进去葱花、姜丝、蒜末等各种调料和玉米粉，加上适量的水搅匀，上锅蒸出一大盆喷香诱人的鸡血糊糊。

张县令被请到李员外家，坐到酒桌前时，见了眼前的鸡血糊糊，连连伸出大拇指赞叹说，好手艺！好手艺！不禁食欲大增。

两个人坐下来推杯换盏，张县令尝了一口鸡血糊糊，在嘴里品了又品，然后高声慨叹说：“对头！对头，就是这个味道！几十年了，我可算再次品尝到了！太感谢李员外了。”张县令说这话时，眼里甚至泛出一些亮晶晶的泪花来。

李员外赶忙说："这是小的应该做的！"然后借机介绍了仁州地区的一些风土人情。

张县令边听边品尝，每尝一口，几乎都会赞赏几句："好菜！好吃！我到仁州上任，没想到还能享有这等口福！"这鸡血糊糊，入口清淡，细滑香嫩，对吃惯了大鱼大肉、尝过山珍海味的张县令来说，简直是一顿旷世美味。

张县令酒足饭饱之后，心下高兴，回去之后不久，便寻了一个合适的机会，说李员外出钱资助地方，治理疏通水域有功，下令奖赏了李员外，赐给他一百匹布帛和一块写有"厚德载福"的牌匾。

李员外见了那牌匾只是淡淡笑了笑，让手下人将那一百匹布帛分给了当地的一些贫苦人家。

第二年春天，张县令接到京城一道谕旨，说是京城的巡抚大人要到仁州地方来巡视，必须招待周全等。

张县令琢磨来琢磨去，便想到了鸡血糊糊。赶紧下令传来李员外说，你务必在三天之内，给我备出几只头等大红公鸡，到时你亲自监督做一道鸡血糊糊，想办法让巡抚大人吃得高兴。

李员外不敢怠慢，连连点头答应。

等巡抚大人到了仁州，张县令亲自出门迎接。李员外张罗做了一桌子菜，并同样上了一盆鸡血糊糊。可张县令没想到，巡抚大人也偏爱吃这鸡血糊糊，不仅吃得津津有味，更是赞不绝口。

张县令心中暗喜，又让李员外准备一些乡野特产，什么野木耳、野榛子之类，装了满满一大箱子。因路途遥远，为了防止变味变质，李员外还特意派人去山洞里刨来许多冰块，放进那个特制木箱的夹层里。

半年后，张县令接到京城一道谕旨，他被削职为民了。理由是他给巡抚大人吃了鸡血糊糊后，口鼻出血，休养了一个多月才好。带去的箱子里还夹带了贵重的貂皮，两棵足有八两重的野山参。

张县令被贬后，窝了一股火，便卧床不起了。他始终想不明白，自己吃了鸡血糊糊没事，可巡抚大人吃了后，为啥会口鼻出血呢？再说那貂皮和野山参从哪来的，自己就是胆子再大，也不敢顶风贿赂巡抚大人啊！

张县令为了弄清这事，还特意请了一位老中医。老中医说，要想让一个人口鼻出血，还不能出人命，在咱这地区，一定是吃了一定数量的野山参。张县令半信半疑，还是有些糊涂。

一年后，张县令的病加重，妻子抹着眼泪问："你想吃点啥？"

张县令虚弱地说："想、想吃李员外做的鸡血糊糊。"

妻子说："李员外一家早已去了外地，不能再给你做鸡血糊糊了！"

张县令一听，立刻口吐鲜血，他颤着声音说："原、原来是他！"

栓子和枣红马

残阳如血，秋叶尽扫。一匹高大的枣红马，鬃鬣凛凛，昂首飞蹄，从村前那座吊桥上疾驰而下。“红花！闪开！”栓子一个箭步冲上前，把红花瞬间推向一边。只见那匹枣红马御风而过，很快便消失在龙头砬子拐弯处了。

红花没有防备，被栓子这一推，一头摔进路边沟壑的草丛中，望着那匹受惊飞奔的枣红马，香魂未定，直至那马没了踪影。

红花的手蹭破了几处，有鲜血一点点渗透出来。她忍痛找到甩出去的花书包，爬出沟壑，见栓子向着枣红马消失的方向一动不动站着。

栓子哥，谢谢你刚才救了我！红花忍住眼泪，噘着好看的小嘴喊。见栓子没反应，又喊：“你傻了？”

栓子这才回过神儿，问：“红花，刚才那匹大枣红马威风不？”红花回忆了一下，点点头说：“威风，也好看！”

“我要是有一匹这样的枣红马该多好！”栓子说着，眼里扑闪着亮光。

红花撇撇嘴说：“你要马干啥用啊？又不用上战场。”

栓子嘿嘿一乐说："那匹枣红马如果是我的，我就骑着它，天天带你去上学，再不用这样用脚量了，那多威风呀！"

"那冬天下雪时，咱们就不怕爬大岭，不怕路滑，不怕从半山腰摔下来，不怕饭盒摔翻了！"红花想象着，不禁喜悦起来。

"春暖花开时，咱们骑着一匹枣红马，绕着这条江跑一圈，那该多惬意呀！"栓子的眼里充满了向往。

红花笑着说："别做美梦了！天快黑了，咱们赶紧回家吧。"

夕阳的余晖笼住江面，闪着粼粼的光。吱吱扭扭摇晃的吊桥上，栓子和红花跳着跑着，连着影子包裹在淡淡的暮色里。

栓子考上师范那年，却听说红花要嫁人了。栓子一口气跑到江边，找到一处没人的地方，一拳头砸在那棵老柳树上。栓子望着波光粼粼的江面，记起那匹好看的枣红马，记起当年答应带红花骑马的事。栓子想了又想，便鼓起勇气去找红花。

栓子问："红花，你还记得那匹枣红马不？"

红花愣了愣，便笑着说："记得，那时的想法多幼稚可笑啊！"

栓子说："我不知多少次梦见了那匹枣红马，梦见我们一起夕阳暮归，一起饮马长河，一起扬鞭策马。"

红花哈哈大笑，指着栓子说："你别犯傻了，浪漫又不能当饭吃，我可不稀罕你的枣红马，你的梦应该在更远的地方！"

栓子盯着红花看了半天，苦笑一声说："红花，没想到你变得这么现实！"

红花撇撇嘴说："栓子，我原来也现实，你以为我不食人间烟火呀！"

栓子望着有点陌生的红花，伤心地转身走了。

栓子师范毕业后，分配在乡中学，当了一名历史老师。那天周末，他内心烦闷，便去江边转了转，却撞见了赶车的红花叔。车上装满了圆鼓鼓的袋子，拉车的是一匹高大的枣红马。

红花叔跳下车问：“栓子，你毕业了？”

“毕业了！红花叔。”

“分配了？”

“分配了！”

“在哪儿教书？”

“咱们乡中学。”

“那你跑这里干啥？”

“我出来透口气。红花叔，您老车上的几个麻袋，装着啥东西呀？”

“是苞米糠，准备养猪用的。”红花叔笑着说。

栓子盯着这匹高大的枣红马，又记起了当年的那一幕，记起了红花。

红花叔看了看栓子，又看了看那匹枣红马说：“咋的，你小子喜欢这匹马？”

栓子点点头，又连忙扭过头去。

红花叔摇了摇头，大喊了一声“驾！”便赶着马车上了吊桥。

栓子坐在一块石头上，回想当年他跟红花说的话：等咱们长大了，开一个书店，或者同写一本书，或者有一匹枣红马！可是红花后来变了，她现在还好吗？

栓子正想着，突然听见红花叔站在吊桥中间喊：“栓子！快上来帮忙！”

栓子急忙跑上吊桥，原来这座吊桥因为失修，中间缺了两块板。那匹枣红马的右蹄子踩空，正好掉下去半条马腿。

栓子和红花叔先把麻袋卸掉，又卸掉了马车，才把那匹红枣马的马腿一点点拽了上来。栓子见马腿被钢丝绳刮掉一块毛皮，便从身上撕下布条给包扎好，又帮着把这些麻袋送到红花叔家。

栓子要走，红花叔叫住栓子说：“你把这匹马也牵走吧。”栓子愣了愣说：“叔，我咋能要你的马呢？”

红花叔点上那杆旱烟袋，沉默了半天说："马是红花送你的，这是她当年要的嫁妆！"

"啥？红花的嫁妆！"

"红花叮嘱过，让我先给养着，等你毕业回来，一定送给你。我起初气坏了，还把红花大骂了一顿。"红花叔说着，把那杆旱烟袋用力磕在一块石头上，又一连咳了几声。

"那，那，红花在哪儿？"

"红花命苦，结婚一年就得病走了！三年了，她不让我告诉你。"

栓子拍了拍那匹高大的枣红马，泪如泉涌。